HEYNE
BÜCHER

In der Perry-Rhodan-Reihe
sind als Heyne-Taschenbücher erschienen:

Planet der Mock · Band 16/1
Der große Denker von Gol · Band 16/2
Schatzkammer der Sterne · Band 16/3
Sturz in die Ewigkeit · Band 16/4
Die verhängnisvolle Expedition · Band 16/5
Die Tochter des Roboters · Band 16/6
Die Zeitspringer · Band 16/7
Am Rand des blauen Nebels · Band 16/8
Invasion der Puppen · Band 16/9
Die goldenen Menschen · Band 16/10
Im Zentrum der Galaxis · Band 16/11
Sternkolonie Troja · Band 16/13
Die Nacht des violetten Mondes · Band 16/14
Ich, Rhodans Mörder · Band 16/15
Phantom-Station · Band 16/16
Der Flug der Millionäre · Band 16/17
Raumkapitän Nelson · Band 16/18
Die Zone des Schreckens · Band 16/19
Das Gesetz der gläsernen Vögel · Band 16/20
Das tödliche Paradies · Band 16/21
Der Geisteragent aus dem All · Band 16/22
Der Einsame von Terra · Band 16/23
Baumeister des Kosmos · Band 16/24
Terra in Trance · Band 16/368
Das Aralon-Komplott · Band 16/369
Welt der Prospektoren · Band 16/370
Luminia ruft · Band 16/371
Das Gremium der Vier · Band 16/372
Deserteur der USO · Band 16/373
Die Wurzeln des Todes · Band 16/374
Halo 1146 · Band 16/375
Die Toleranz-Revolution · Band 16/376
Tränen vom Himmel · Band 16/377
Die Elixiere von Chubbid · Band 16/378
Sturm der neuen Zeit · Band 16/379
Als die Kröten kamen · Band 16/380
Verlorenes Leben · Band 16/381
Das sterbende Imperium · Band 16/382
ELOHIM II · Band 16/383
Das Bermuda-Loch · Band 16/384
Eisige Zukunft · Band 16/385
Welt über den Wolken · Band 16/386
Hölle Hoch Vier · Band 16/387
Galaktische Rache · Band 16/388
Schach den Cantaro · Band 16/389

Perry Rhodan

DAS HOHLE PARADIES

Es ist ein Asteroid am Rand der Galaxis – ein Garten Eden voller Geheimnisse

Ein Planetenroman von

ARNDT ELLMER

Originalausgabe

WILHELM HEYNE VERLAG
MÜNCHEN

PERRY RHODAN
Nr. 16/390

Redaktion: Klaus N. Frick

Wilhelm Heyne Verlag GmbH & Co. KG, München
Printed in Germany 1995
Umschlagillustration: Alfred Kelsner, Bünde
Umschlaggestaltung: Atelier Ingrid Schütz, München
Satz: Compumedia Gesellschaft für
Informationsgestaltung mbH, München
Druck und Bindung: Ebner Ulm

ISBN 3-453-09022-5

1.

Hier in dieser gottverlassenen Gegend existierte das sternenübersäte Milchstraßenzentrum nur als Projektion auf einem der untergeordneten Bildschirme, und von den vier Besatzungsmitgliedern der HEWANORRA warf höchst selten eines einen kurzen Blick darauf. Es entstand der Eindruck, als verbände sie nichts mit der Galaxis, an deren nördlichen Rand sie ihren Kurs setzten, weitab von den Handelsrouten und in einem Gebiet, in dem nur alle zwanzig Lichtjahre ein Stern kam.

Daß der Leichte Holk völlig unterbesetzt seine Bahn zog, lieferte ein erstes Anzeichen dafür, daß ihn keine Routineaufgaben hierher führten. Nichts an der Einrichtung im Schiff erinnerte an die Herkunft seiner Insassen. Spartanisch wie die technischen Sektionen boten sich auch die Kabinen und Wohnbereiche dar. Versierte Techniker hatten kurz vor dem Start die neoinpotronischen Systeme ausgebaut und durch fabrikneue ersetzt. Deren Inhalte beschränkten sich auf die Steuerung des Schiffes und der geheimen Tests. Nichts deutete auf die frühere Verwendung hin.

Die vier Männer und Frauen zählten nicht die Stunden und Tage, die sie nun schon am Rand der Milchstraße verbrachten. Die vereinzelten Sonnen und ihre wenigen Planeten interessierten sie ebenso wenig wie die beeindruckende Darstellung der Heimatgalaxis. Mochten die Welten hier draußen Leben oder sogar Intelligenzen tragen, es spielte keine Rolle. Der inpotronische Koordinator speicherte automatisch die Daten der Hyperortung, und irgendwann in der Zukunft würden sich Explorer anhand dieser Messungen aufmachen zu den bisher unbekannten Systemen und sie durchforsten.

Nach Kulturen und nach Möglichkeiten, mit ihnen Handel zu treiben. Dies war die oberste Aufgabe der vor zwanzig Jahren gegründeten kosmischen Hanse unter Homer G. Adams. Die HEWANORRA gehörte zu den Schiffen dieser Organisation, und ihre Kommandantin, Madelaine Dorane, trug den Titel einer Hanse-Spezialistin. Die Plophoserin mit der erotischen Ausstrahlung eines Eisschrankes vollzog die Anweisungen des terranischen Hauptquartiers Hanse mit einer Präzision und Genauigkeit, die schaudern machte. Madelaine im Sachlichkeits-Wettkampf mit der Inpotronik, hieß das im Bordjargon, den sich die vier angewöhnt hatten.

Hoch aufgerichtet stand sie hinter ihrem Sessel. Ihre Hände umklammerten die Lehne, die Fingerknöchel traten weiß hervor. Mit der Präzision eines Automaten gab sie Anweisungen an die Inpotronik und lauschte mit halbem Ohr auf die nüchternen Angaben der Automaten.

Der Countdown näherte sich seinem Ende. Die Testphase stand unmittelbar bevor. Plötzlich ruckte ihr Kopf herum. Ihre Augen blitzten und zeigten das Weiße der Augäpfel.

»Wacht endlich auf, verdammt!« zischte sie. »Das ist kein Spaziergang.«

Keiner der drei reagierte. Sie kannten solche Ausbrüche in- und auswendig. Arno von Wolkenstein hustete leicht und fixierte die Uhr seines Terminals.

»Ich schalte jetzt die Septadim-Systeme aus.« Seine Stimme vibrierte unheilschwanger, während seine Finger über das Terminal huschten. Die Kommandantin starrte den Olymper an.

»Du bist sieben Sekunden zu spät. Du weißt das ganz genau.«

Der hochgewachsene Mann mit der Narbe quer über der Stirn zuckte mit den Achseln. »Die Inpotronik hat es schließlich bemerkt und den Countdown entsprechend verlängert.«

Abschätzend musterte er die Hanse-Spezialistin und beobachtete das hektische Wogen ihres Oberkörpers. Madelaine atmete heftig ein und aus.

»Ich dulde nicht, daß...«

»Der Countdown wurde um exakt sieben Sekunden verlängert«, meldete das Steuergehirn der HEWANORRA in diesem Augenblick. »Alle Antriebssysteme sind stillgelegt. Die Energiezuleitungen wurden automatisch abgetrennt. Es erfolgt die Umschaltung auf die Einheiten des Hyperkons.«

Hyperkon. Allein die Erwähnung des Zauberworts reichte aus, um die Kommandantin übergangslos ruhig werden zu lassen. Ihre Hände, die die Sessellehne fast in Fetzen zu reißen drohten, entspannten sich sichtlich.

»Fertig machen zum dritten Test«, flüsterte sie andächtig.

Auf der linken Monitorreihe erschienen die Daten der ersten beiden Versuche und dokumentierten den Erfolg. Der Hyperkon als Transportsystem arbeitete einwandfrei. Drei Stunden Vollbetrieb im Unterlichtflug stellten einen Fortschritt dar, der alle Versuche früherer Jahre in den Schatten stellte.

Was störte, war diese fürchterliche Energieschleppe, die das Schiff hinter sich herzog. Der Schlauch nahm im Nichts seinen Anfang und reichte bis zum Heck der HEWANORRA. Hyperenergetisch ließ er sich mit Sicherheit mehr als fünftausend Lichtjahre weit anmessen. Deshalb wechselten sie nach jedem Versuch ihren Standort, flogen kreuz und quer durch die Nordseite der Galaxis und verwischten jeweils ihre Spur, ehe sie in die Sternenleere der Randgebiete zurückkehrten.

Viel leichter hätten sie es draußen in der intergalaktischen Leere gehabt. Dort jedoch bestand die Gefahr, daß sie niemand im Fall einer Havarie entdeckte. Und Begleitschiffe bedeuteten mehr Mitwisser als nötig. Davon gab es nach Adams' Ansicht schon genug. Außer ihm persönlich, Waringer als Chefwissenschaftler und einer Gruppe ihm unterstellter Wissenschaftler gehörte die vierköpfige Crew zum engen Kreis der Eingeweihten. Vier zuviel, wie Adams sarkastisch gemeint hatte.

Doch das war Schnee von gestern. Madelaine Dorane hielt sich an ihre Anweisungen, und von Seiten ihrer Mitarbeiter gab es keinen Protest.

Jetzt, beim dritten Anlauf während dieser Mission, fehlte die Schleppe. Das Schiff führte speziell konstruierte Energiespeicher mit sich und befand sich beim Zapfvorgang im Ruhezustand. Vorerst aber bewegte sich die HEWANORRA mit gleichmäßiger Fahrt bei vierzig Prozent Lichtgeschwindigkeit vorwärts und steuerte den *Ankerpunkt* an, wie das Programm ihn nannte.

Waringers Worte klangen noch in ihren Ohren, mit denen er sie verabschiedet hatte.

»Der *Ankerpunkt* ist der Ort Null im Universum. Wenn das Schiff in ihn hineinfällt, dann gibt es keine Rückkehr.«

Eine Graphik-Sequenz hatte das verdeutlicht und ihnen allen einen Schauer nach dem anderen über den Rücken gejagt.

Der *Ankerpunkt* bestand aus einem netten, kleinen Schwarzen Loch.

Wenn auch nur das Geringste schiefging, dann gab es keine HEWANORRA mehr und keine Besatzung. Schon aus diesem Grund setzte sich die Besatzung nur aus vier Spezialisten zusammen, allesamt unverheiratet und ungebunden. Singles im Dienst der Wissenschaft. Ein kleiner

Haufen voll unausgeglichenen Potentials, und jetzt sagte Jellim a Cornu auch noch:

»Wenn ihr ins Gras beißt, dann denkt an mich. Ich bin nicht für die Fehler verantwortlich, die ihr fabriziert.«

»Halt dein blödes Maul!« fuhr ihn Madelaine Dorane an. Aber es entlockte ihm nur ein Grinsen.

Niemand nahm ihm seine Ausgeglichenheit ab, und er murmelte etwas und verbiß am Schluß einen Fluch zwischen den Zähnen.

Ihre Nerven lagen blank. Ohne Ausnahme. Das wissende Lächeln von Seiko zeigte es überdeutlich.

»Wessen Arsch noch immer nicht auf Grundeis geht, der verschwindet jetzt aus diesem Raum«, zischte die Kommandantin. »Sofort!«

Alle blieben. Wie Säulen der Ewigkeit saßen sie vor ihren Terminals und nestelten ein letztes Mal an den Magnetverschlüssen ihrer Schutzanzüge. Und wie zur Bestätigung rasteten die automatischen Sicherheitsgurte ein.

»Hört auf!« rief Seiko Konao plötzlich. »Da stimmt etwas nicht.« Ihre Faust schlug gegen die Konsole. »Was wir machen, ist Irrsinn. Es wird das Schiff zerreißen.«

»Natürlich.« Jellim a Cornu warf sich in die Brust. »Du glaubst doch selbst nicht, was du sagst. So lange ich mich um die hyperphysikalischen Belange des Unternehmens kümmere, kann nichts schiefgehen. Alles ist so exakt kalkuliert, wie bei einem geplanten Flugzeugabsturz. Es – stimmt – alles. Klar?«

Seikos große, dunkle Mandelaugen starrten ihn an. Er liebte diese Augen. Die Frau selbst allerdings war ihm nicht ganz geheuer. Unter dem Blick seiner intensivgelben Augäpfel mit der grünen Iris senkte sie bald die Lider und starrte in eine andere Richtung.

»Falls du nicht weißt, was ein Flugzeug ist«, fuhr der Marsianer fort, »ich kläre dich gern auf. Auf dem Mars gibt es heutzutage noch antiken Luftsport mit echten Flugzeugen.«

Seikos Mandelaugen verengten sich zu schmalen Schlitzen. Der Rest ihres Gesichtes erstarrte zu einer glatten, undurchdringlichen Maske. Jellim musterte sie lächelnd, doch sie würdigte ihn keines Blickes mehr.

»Achtung, Hyperkon ist bereit zum Einschalten«, meldete die Inpotronik.

Augenblicklich vergaß Jellim a Cornu das rätselhafte Gesicht der Terranerin. Sein Blick heftete sich auf die untere Hälfte des Hauptbildschirms. Sie zeigte die Schwärze des Alls, die hinter dem Leichten Holk lag. Für einen winzigen Augenblick tauchte dort ein kleiner, greller Strahlenkranz auf, ähnlich der Korona einer Sonne, wenn ein Himmelskörper den Stern komplett verdeckte und diesen sonst optisch nicht wahrnehmbaren Hauch erkennen ließ. Eine Aura von unvergleichlicher Strahlungskraft und Schönheit.

Diesmal währte der Eindruck nur etwa so lange, daß das menschliche Auge ihn gerade noch verarbeiten konnte.

Für die vier Insassen der HEWANORRA gehörte es immer noch zu den ganz besonderen Momenten in ihrem Leben, wenn sich diese Vorstufe eines winzigen Black Holes ausbildete, projiziert von den Energieumwandlern im dicken Heck des Keilschiffes. Sie nannten es Hamiller-Punkt; nach Payne Hamiller, dem genialen Erfinder und Konstrukteur des Hyperkons. Hamiller lebte nicht mehr. Im Jahr 2 NGZ war er unter mysteriösen Umständen bei einem Verkehrsunfall ums Leben gekommen, ein Verkehrsunfall wohlgemerkt, den es bei den vorherrschenden Sicherheitsvorkehrungen gar nicht hätte geben dürfen.

Das Schwerkraftzentrum ließ sich an eine beliebige Stelle rund um das Schiff herum projizieren. Diesmal diente es dazu, die HEWANORRA abzubremsen und zum völligen Stillstand zu bringen. Noch fanden die Übungen im Normalraum statt. Wenn Payne Hamillers Konstruktion hielt, was sie versprach, dann dauerte es nicht mehr lange, bis der Hyperkon das Schiff in den Hyperraum riß.

Vom Prinzip war alles klar: Für einen Überlichtflug verstärkten die Projektoren das Schwerkraftzentrum, bis es sich in ein winziges, künstliches Black Hole verwandelte, durch den sich das Fahrzeug in den Hyperraum stürzte. Flugweite und Reisegeschwindigkeit ergaben sich aus der Vektorierung des Schwerkraftzentrums. Hier gab es noch Unwägbarkeiten, die auf eine lange, zukünftige Entwicklungszeit hindeuteten.

Im Hyperraum selbst sorgten die sogenannten Grigoroff-Projektoren für ein Schirmfeld, welches das Schiff schützte und ihm einen eigenen Mikrokosmos innerhalb des Hyperraums zuwies. Erlosch die schützende Grigoroff-Schicht, mußte die Besatzung mit katastrophalen Ergebnissen rechnen, etwa dem Auftauchen in einem fremden, nicht bestimmbaren Universum oder dem Stranden im Hyperraum.

»Stillstand erreicht«, fuhr die Inpotronik fort. »Das Programm läuft ohne Störung. Der Zapfvorgang kann eingeleitet werden.«

»Alles klar«, sagte Madelaine rasch. »Wir machen weiter.«

Der Hauptbildschirm teilte sich in acht gleich große Rechtecke. Sie zeigten verschiedene Schiffssektionen und Hallen unterschiedlicher Ausstattung. Allen gemeinsam waren die bauchigen Gefäße mit den spindelförmigen Auswüchsen am oberen, schmalen Ende. Es handelte sich um die Gravitraf-Speicher, spezielle, ebenfalls von Hamiller konstruierte und von Waringer weiterentwickelte Speicher für Hyperenergie. Sie standen in direkter Verbindung mit dem Hypertrop-Zapfer.

Das ganze System erinnerte an die Technik der Laren und der Wynger, mit denen die Terraner in der Vergangenheit in Kontakt gekommen waren. Im Unterschied zu einem SVE (Strukturvariablen Energiezellen)-Raumer der Laren mußte beim Hypertrop nicht ständig Energie gezapft werden. Es geschah immer erst dann, wenn die Gravitraf-Speicher nicht mehr genug Energie lieferten.

»Schließt jetzt die Helme«, empfahl die Inpotronik.

»Ich steige aus.« Seiko machte Anstalten, die Gurte zu lösen und sich zu erheben. »Ich nehme die Space-Jet. Jemand muß den Vorgang von außerhalb des Schiffes beobachten.«

»Tut mit leid«, fuhr der Automat fort. »Eine solche Aktion ist nicht vorgesehen. Sie erscheint zudem nur unter erschwerten Umständen sinnvoll. Die Beiboote stehen lediglich im Gefahrenfall zur Verfügung.«

Madelaine Dorane drehte ihren Sessel.

»Du Miststück!« fuhr sie die Eurasierin an. »Wenn du nicht endlich deinen Helm schließt, werfe ich dich ohne ihn aus der Schleuse. Dann bist du da, wo du hinwolltest.«

»Das mit dem Miststück zahle ich dir heim.«

Die Kommandantin quittierte es mit einem Knurren.

»Der Hypertrop wird jetzt hochgefahren«, meldete die Automatik.

Madelaine Doranes Augen begannen zu brennen. Sie starrte auf die Monitoren und versuchte, alle Werte auf einmal zu erfassen. Zahlenkolonnen begannen zu wandern, und jede Ziffer besaß eine bestimmte Aussage im schier endlosen Reigen.

»Das ist zu schnell«, stieß die Hanse-Spezialistin hervor. »Jellim?«

»Einverstanden«, hauchte der Hyperphysiker und hantierte an seinem Terminal. »Der Vorgang wird um acht Prozent verlangsamt.«

Optisch ließ sich zunächst nichts erkennen. Die Infrarottaster und das Gravometer zeigten jedoch erste Abweichungen von der Norm des freien Raumes dort draußen. Eine geringfügige Erwärmung sowie eine um ein Millionstel g erhöhte Schwerkraft ließen sich feststellen.

Augenblicke später huschte ein Flirren über den Bildschirm, ähnlich einem Fehlversuch, den Schutzschirm hochzufahren.

»Entzückend«, entfuhr es Arno von Wolkenstein. »Leute wie ich werden bald arbeitslos sein, wenn das so weitergeht. Wer kann noch etwas mit einem Triebwerkstechniker anfangen, wenn es keine herkömmlichen Triebwerkssysteme mehr gibt?«

»Du läßt dich am besten umschulen. Konditor oder Koch sind gesuchte Berufe.«

Von Wolkenstein versuchte, in den Gesichtszügen des Marsianers zu lesen. Aber Jellim a Cornu tat ihm den Gefallen nicht, und so entschloß sich der Mann von Olymp, es als Scherz aufzufassen.

»Wo denn, he?«

»Na, auf Ferrol und vor allem auf Gatas. Im Verth-System blüht das Geschäft mit exotischen Restaurants. Die Blues bezahlen viel Geld für einen Hinterwäldler-Wirt mit terranischem Paß.«

»Und ich dachte immer, die seien scharf auf marsianische Sandflöhe aus der Friteuse. Ist der Mars nicht längst kahlgefressen?«

»Ich huste dir gleich etwas«, schimpfte der Marsianer der A-Klasse, der seinen Gag badengehen sah. »Wir und Sandflöhe! Das verwechselst du wohl mit Olymp und den Altlasten der Freifahrer. Wenn die damals Flöhe eingeschleppt haben, dann seht selbst zu, wie ihr damit fertigwerdet.»

»Olympische Flöhe stehen auf olympische Bananen, und die werden auch zum Mars exportiert, ob du es glaubst oder nicht. Das Problem ist also keineswegs hausgemacht«, feixte Seiko.

»Ruhe!« schimpfte Madelaine. »Achtet auf eure Terminals.«

Draußen im Leerraum bildete sich ein durchscheinendes Gebilde, ein Hauch aus Energie, kaum wahrnehmbar und doch vorhanden. Negligé-Phase hatte Waringer es bei ersten Tests mit einem Prototyp genannt. Es handelte sich um eine trichterförmige Leuchterscheinung von zunächst fünfzig Metern Länge und einem Basisdurchmesser von zwanzig Metern. Sie stabilisierte sich langsam und bildete eine blaue Haut aus. Der Trichter dehnte sich gleichmäßig aus und schob den vorderen, weiten Rand immer weiter ins All hinaus. Das spitze Ende hing über der HEWANORRA und wies auf den Spindelkranz des Hypertrop-Zapfers.

Bei einer Länge von hundertachtzig Metern und einem größten Trichterdurchmesser von achtundvierzig Metern kam der Vorgang zum Stillstand. Das zunächst dunkle Blau hellte sich sichtlich auf, und gleichzeitig machte die Inpotronik Meldung, daß der Zapfvorgang begann.

Auf mehreren Monitoren bildete sich ein Gespinst aus dunkelroten Linien, das langsam von links nach rechts wanderte. Rechts bedeutete in diesem Fall das Innere des Schiffes und die sechs Gravitraf-Speicher. Diese begannen sich langsam mit der aus dem Hyperraum gezapften Energie zu füllen.

»Drei Prozent«, verkündete die Inpotronik. »Vier Prozent. Vorgang stabil. Der Hypertrop arbeitet korrekt.«

Die Männer und Frauen in der Zentrale des Leichten

Holks blickten sich an und zuckten dann mit den Achseln. Keiner wollte sich die Erleichterung anmerken lassen.

»Wozu sind wir eigentlich in diesem Schiff?« murmelte von Wolkenstein. »Wenn sowieso alles läuft wie geschmiert. Und wieso sind wir allein? Mit einer kompletten Besatzung müßten wir uns nicht wegen jeder Kleinigkeit verrenken.«

»Tut mir wirklich leid, Arno. Die Sicherheitsbestimmungen wurden von Homer persönlich ausgearbeitet.« Madelaine Dorane lachte spöttisch, eine Seltenheit bei ihr. »Ich dachte, du würdest dich schneller damit abfinden. Dein Dossier ...«

»Mein Dossier, mein Dossier«, empörte sich der Triebwerksingenieur. »Das ist Schnee von gestern. Was geht mich mein Dossier an?«

»Fünf Prozent«, fuhr die Inpotronik ungerührt fort. »Die Belastung in den Gravitrafs bleibt gleichmäßig.«

Das Programm sah vor, den Zapfvorgang bei der geringsten Abweichung zu beenden und das Schiff in die geheime Werft auf Luna zurückzuführen.

Der Vorgang wirkte auf schwer verständliche Art ermüdend. Die vier nahmen sich aus wie Puppen, die jemand in viel zu große Sessel gesetzt hatte. Die optische Darstellung zeigte als einzige, daß sich tatsächlich etwas veränderte. Der energetische Trichter draußen im All hellte sich zunehmend auf und erhielt eine weißblaue Farbe. Seine Ausmaße blieben stabil. Sie durften sich nicht ändern. Solange bestand keine Gefahr. Die geringste Abweichung jedoch, selbst um ein paar unwesentliche Zentimeter...

Der Pegel in den Gravitrafs stieg gleichmäßig auf zehn Prozent, dann auf zwanzig, und schließlich erreichte er dreißig Prozent. Gleich war es soweit.

Exakt bei dreiunddreißig Prozent bleib er stehen.

»Die Gravitrafs sind vollständig gefüllt«, meldete die Automatik, die die Speicher überwachte.

»Etappen-Ladung.« Arno von Wolkenstein stieß es fast als Fluch hervor. »Wieso können die nichts Gescheites konstruieren? Etwas, das so verläßlich ist wie der gute alte Septadimantrieb?«

»Gib endlich Ruhe, Mensch. Kannst du einem deine Ansichten nicht ein wenig dezenter aufdrängen? Abgesehen davon sind das alles Vorurteile.«

Von Wolkenstein wandte sich hilfesuchend an Seiko, die die theoretischen Grundvoraussetzungen des Spetadimsystems intus hatte wie andere Leute ein Kochrezept. Seiko Konao vermied es, ihn anzusehen.

»Kinderkram, das ist es«, trumpfte Jellim a Cornu auf. »Die Zukunft gehört dem Hyperkon.«

Wolkenstein schüttelte den Kopf. »Tut mir leid«, verkündete er. »Das Ganze ist mir eine Nummer zu groß.«

Die Kommandantin stieß einen schrillen Pfiff aus. »Natürlich erwähne ich das alles in meinem Bericht. Ihr könnt euch auf eine gepfefferte Reaktion der Hanse gefaßt machen. Ihr betreibt eindeutig Sabotage. Jellim, walte deines Amtes!«

Der Marsianer nickte bedächtig und heftete seine Blicke auf die Anzeigen seines Terminals. Entschlossen berührte er einen Sensor.

»Ich mache die Etappen-Ladung rückgängig. Achtung, die Entladung der Gravitraf-Speicher beginnt.«

Die Aufladung der neuartigen Speicher erfolgte nach dem alten Prinzip der stufenweisen Initialisierung. Bei der ersten Aufladung füllten sich die Speicher zu einem Drittel mit Energie. Diese mußte danach komplett verbraucht beziehungsweise entfernt werden, ehe eine erneute Aufladung den Level auf zwei Drittel anhob. Erst beim dritten

Anlauf ließen sich die Gravitraf-Speicher zu hundert Prozent füllen.

»Gravitrafs werden entleert«, bestätigte die Inpotronik.

Der Vorgang spielte sich mit derselben Geschwindigkeit wie beim Auffüllen ab. Die Materialbelastung blieb dabei auf einem Minimum.

»Haltet euch fest!« warnte Jellim a Cornu.

Die Energie verließ die Speicher und trat am Spindelkranz des Hypertrop-Zapfers wieder aus.

Die HEWANORRA begann sich zu schütteln. Dunkelrotes Leuchten zuckte über die Bildschirme. Fontänen aus Hyperenergie rieselten aus dem Schiff und trieben in ungleichmäßigen Schwaden am Energieschirm entlang. Entmaterialisierungsphänomene entstanden. Winzige Partikel der interstellaren Materie wurden aufgesogen und in den Hyperraum transportiert.

Der Leichte Holk begann sich heftiger zu schütteln. Die Phänomene in unmittelbarer Nähe des Schiffes machten ihm zu schaffen.

»Belastung des Schirmfeldes nun neunzig Prozent«, verkündete die Inpotronik. »Tendenz steigend.«

Die vier Insassen registrierten, daß sich um ihre Sessel herum ebenfalls Schirmfelder aufbauten. Sie entzogen das Schiff manuellen Zugriffen und lieferten die Männer und Frauen vollständig der automatischen Steuerung aus.

Das Schiff begann zu bocken und seine Lage zu verändern. Es schwenkte nach links und rechts, nach oben und unten und drehte sich um die Längsachse. Irgendwo polterte etwas und schlug mit hoher Wucht gegen eine Wand.

»Mist!« schimpfte der Marsianer. »Wir haben den Gleiter nicht vollständig in seinem Schlitten arretiert. Er hängt nur an den Haken. Vermutlich ist er rausgerutscht.«

Er versteifte sich und klammerte sich an die Lehnen des

Pneumosessels. Der nächste Schlag erschütterte das Schiff. Diesmal kam er von außen. Riesige Fontänen der nicht umgewandelten Hyperenergie zuckten in den Leerraum und spuckten etwas wie einen zähflüssigen Brei gegen die HEWANORRA. Das Schirmfeld flackerte an verschiedenen Stellen, als habe dort jemand Feuer gelegt. Gleichzeitig bäumte sich der keilförmige Rumpf des Leichten Holks auf und fiel endgültig aus seiner bisherigen Position. Wie auf einer unsichtbaren Rampe rutschte er in Richtung Milchstraßenrand und intergalaktischer Leere.

»Schutzfeld wird verstärkt«, meldete die Inpotronik, aber keiner hörte richtig hin. Starr blickten sie auf die Bildschirme. Draußen tobte ein hyperenergetisches Unwetter, wie sie es in der Form nicht erwartet hatten.

Die Deckenbeleuchtung erlosch, die Notlampen begannen zu glimmen. Immer mehr wurde das Schiff zum Spielball der entfesselten Kräfte dort draußen, die kein Mensch und kein Computer zu bändigen vermochte.

»Ein Königreich für einen Energiewandler.« Arno von Wolkenstein trommelte mit den behandschuhten Fingern auf die Sessellehnen. »Ich bin auch gern bereit, ihn persönlich in Betrieb zu nehmen.«

Madelaine Dorane wandte den Kopf und starrte ihn durch die Helmscheibe hindurch an. Im Halbdunkel vermochte er nicht, ihren Gesichtsausdruck zu erkennen.

»Dein Angebot kommt etwas spät, findest du nicht? Aus einem Sarg ist recht selten einer lebend herausgekommen.«

Ein Grollen ließ sie zusammenzucken. Es kam aus den Wänden, dem Boden und der Decke. Das ganze Schiff begann zu vibrieren. Die Schirme zeigten riesige, häßliche Fratzen aus tobender Energie. Eine Alarmglocke schrillte; die Kommandantin legte den Kopf nach hinten und starrte im Bewußtsein ihrer Ohnmacht gegen die Decke.

»Schirmfeldbelastung auf hundertzwanzig Prozent gestiegen. Es besteht kein Grund zur Besorgnis«, lautete der nüchterne Kommentar des Automaten.

Im nächsten Augenblick erlosch auch die Notbeleuchtung. Ein Ruck ging durch das Schiff, den die Gravitationsprojektoren nicht vollständig abfingen. Draußen explodierte das All in einer Eruption, und der Schlag einer Titanenfaust warf das Schiff gegen eine imaginäre Wand. Lichtblitze zuckten durch die Gehirne der vier Insassen, dann machte sich wohltuende Schwärze breit.

2.

»Kontor TEILHARD an alle. Hier spricht Kontorleiter McGuivern. Dies ist ein Alpha-Ruf gemäß den Flottenbestimmungen der Hanse und den interstellar üblichen Beistandsvereinbarungen. Wir erhalten einen Notruf aus der Peripherie. Ich wiederhole. Wir erhalten einen Notruf aus der Peripherie. Bitte bestätigen.«

Die sich beständig wiederholenden Worte hämmerten in das Bewußtsein der vier Personen, die sich überall wähnten, nur nicht hier. Sie bewegten sich und erkannten verwundert, daß das Licht brannte. Die Alarmglocke war verstummt, und die Bildschirme zeigten die gewohnte Schwärze des Alls.

»Verd…, was ist los?«

Jellim a Cornu wollte aufstehen, aber die Sicherheitsgurte hielten ihn fest.

»Nichts ist los, wie immer«, knurrte die Kommandantin. »Los, beeilt euch! Ich will einen Check.«

Sie machte gerade den Mund zu, als es wieder begann.

»Kontor TEILHARD an alle, Hier spricht …«

Die gleiche Leier, die sie geweckt hatte, brach über sie herein, und diesmal nahmen sie den Inhalt der Botschaft bewußt wahr, mit Ausnahme von Wolkenstein, der schief in seinem Sessel hing und sich nicht rührte.

»Was jetzt?« zischte Seiko Konao. »Willst du einen Systemcheck, oder soll ich mich um Arno kümmern?«

»Bin schon dabei. Macht ihr den Check.«

Sie schaltete die Gurtautomatik ab, löste die Gurte und erhob sich. Ein wenig unsicher trat sie zu dem Triebwerksingenieur und beugte sich über ihn. Sie löste die Sicherungen seines Helms und klappte ihn zurück.

»Tut mir endlich jemand den Gefallen und sagt mir, daß ich mich verhört habe?« flüsterte sie.

Der Marsianer und die Terranerin hoben die Schultern, schalteten den Autocheck aller Systeme ein und gingen sie nacheinander durch.

»Gravitraf-Speicher erfolgreich geleert. Septadim-System o. k., aber außer Betrieb. Sekundärsysteme einwandfrei. Keine Schäden in den Schiffssystemen. Schirmfeldprojektoren leicht überbelastet, aber bereits abgekühlt. Zeit seit dem Abschluß der Gravitraf-Entleerung vierzehn Minuten und achtundzwanzig Sekunden.«

Madelaine Dorane tätschelte von Wolkensteins Wangen und erinnerte sich an Waringers Aussagen, der sie auf die möglichen Phänomene und deren Bedeutungslosigkeit hingewiesen hatte. Wenn irgendwelche Schäden entstanden wären, dann hätte es schon mit dem Teufel zugehen müssen.

»Verdammt, nun wach schon auf!«

Sie griff zum Versorgungsfach in der Rückenlehne und nahm ein Injektionspflaster heraus. Es klatschte, als sie es Arno von Wolkenstein gegen den Hals preßte. Die Wirkung zeigte sich nach knapp dreißig Sekunden. Der Olymper schlug die Augen auf und starrte sie an.

»Guten Morgen!«

»Guten Morgen!« äffte sie ihn nach. »Es ist mitten in der Nacht.«

Von Wolkenstein warf den Kopf zurück und blickte sich nach den beiden anderen um.

»Hallo, ihr seid ja schon auf. Wenn ihr mich fragt, dieses neue Antriebssystem ist nichts für mich. Das ist ja lebensgefährlich. Der alte Transitionsantrieb aus der Gründerzeit kann nicht schlimmer gewesen sein. Nanu, was ist das?«

Zum dritten Mal setzte die Meldung von TEILHARD ein. Der Triebwerksingenieur quittierte es mit einem »Gott sei Dank. Endlich eine sinnvolle Aufgabe.« Er starrte Madelaine Dorane an.

»Antworte endlich«, verlangte er. »Oder soll ich das übernehmen?«

»Nein. Ich verbiete es dir. Unsere Mission ist geheim. Und außerdem wissen wir bisher nur, daß irgendwo ein Schiff in Not ist. Der Ort ist nicht bekannt.«

Auf TEILHARD schienen die Verantwortlichen nicht mehr so felsenfest überzeugt zu sein, daß es in der Northside überhaupt Schiffe gab. Der Rundruf wiederholte sich, und diesmal fügte McGuivern vorsichtshalber die Koordinaten hinzu, von denen das Kontor den Notruf empfangen hatte.

»Das unter terranischer Flagge fahrende Handelsschiff AUTUN DE HARRAS hat den Notruf elf Minuten gesendet, dann brach er ab. Wie hoffen, daß jemand unsere Botschaft empfängt. Das Kontor ist zur Stunde leer, es befindet sich kein fernflugtaugliches Schiff in der Nähe. Helft der AUTUN DE HARRAS.«

»Keine Schiffe, aber vermutlich im Umkreis von zweitausend Lichtjahren genug Relaisstationen, damit wir hier den Notruf empfangen.« Von Wolkenstein deutete auf die Steuerterminals. »Willst du nicht endlich den Kurs ...»

Sie fuhr ihm über den Mund. »Wir sind gar nicht da! Wir haben den Funkspruch nicht empfangen.«

»Die Koordinaten...«, meinte jetzt auch Jellim a Cornu. »Die HEWANORRA ist das einzige Schiff weit und breit. Was entscheidet unsere Hanse-Spezialistin in einem solchen Fall?«

Die Kommandantin stützte den Kopf in die Hände und fluchte leise vor sich hin. »Und das mir«, murmelte sie. »Wißt ihr, wo das ist? Im Niemandsland. Bis dorthin ist außer dem Havaristen vermutlich noch nie ein Lebewesen vorgestoßen.«

Mühsam überwand sie ihren Zorn und leitete die Koordinaten an die Inpotronik weiter. Arno von Wolkenstein und Seiko Konao machten sich daran, die Septadim-Systeme zu reaktivieren. Eine halbe Stunde später nahm die HEWANORRA Fahrt auf, änderte den Kurs und tauchte in den Hyperraum ein.

»Ein Notfall ist ein Notfall«, dozierte Arno von Wolkenstein. »Es ist unsere heilige Pflicht, ohne Verzögerung zu Hilfe zu eilen. Nicht wahr, Seiko?«

Wie auf Kommando wandten sie alle die Köpfe und starrten die Terranerin an. Die Schönheit hatte sich bisher jeden Kommentars zu dem Notruf enthalten und ließ auch jetzt nicht erkennen, was sie dachte. Ihr Gesicht blieb unbewegt.

Laut Logbuch begann der 31. Januar 21 NGZ. Die HEWANORRA tauchte mit vierundsiebzig Prozent Lichtgeschwindigkeit in den Normalraum ein. Gebannt blickten die vier Insassen der Zentrale auf die Ortung und die Bildschirme. In wenigen Lichtstunden Entfernung zeichnete sich eine einzelne weiße Sonne ab. Mehr nicht.

»Ich habe das gleich gewußt«, murrte Seiko. »Jemand nimmt uns auf den Arm. Da ist weder ein Schiff gestrandet, noch gibt es eine irgendwie geartete Gefahr.«

Die Ortung blieb negativ. An den besagten Koordinaten befand sich nichts außer dieser einsamen, planetenlosen Sonne. Der Abstand zum nächsten Stern betrug gut zehn Lichtjahre.

»Noch sind wir mit der Musterung nicht durch.« Jellim a Cornu warf den Kopf in den Nacken und starrte die beiden Frauen trotzig an. »Uns bleibt der tote Winkel hinter dem Stern.«

»Wir werden nichts finden«, behauptete die Kommandantin. »Wetten?«

Zum Glück beharrte sie nicht darauf, einen Wetteinsatz zu bestimmen. Sekunden später sprach die Tastung an, und die Inpotronik teilte in ihrer nüchternen und gleichzeitig freundlichen Art mit: »Objekt geortet, hinter dem Stern. Die Daten weisen auf eine Kreisbahn hin. Es handelt sich um einen Felsbrocken, Durchmesser etwa vierhundert Kilometer. Die Albedo ist minimal. Der Asteroid rotiert sehr schnell. Die Massenbestimmung ergibt, daß der Himmelskörper innen hohl sein muß.«

Madelaine Dorane bewies wieder einmal, daß sie sich ohne lange zu überlegen blitzartig auf eine neue Situation einstellen konnte. Das intensive Training für Hanse-Spezialisten machte sich bemerkbar.

»Geschütze klar zum Feuern!« bellte sie. »Schirmfeld auf Vollast. Wir umrunden den namenlosen Stern und sehen uns den Felsklotz an. Was sagt die Objektortung sonst noch?«

»Nichts. Keine Schiffe, keine Kleinfahrzeuge«, murmelte Jellim a Cornu. »Von einem Havaristen weit und breit keine Spur. Aber das will nichts heißen. Vielleicht befinden wir uns hier in einem Sektor, wo alles auf der dem

Licht abgewandten Seite stattfindet. Rückschlüsse auf lichtscheues Gesindel sind erlaubt.«

»Hört, hört!« Arno von Wolkenstein hob die Hände wie zum Gebet. »Unser Moralapostel spricht.«

Der Leichte Holk der Kosmischen Hanse flog in einem weiten Bogen um die Sonne herum und überquerte die Bahn des Asteroiden. Jellim a Cornu verschlang förmlich die Anzeigen der Taster. Er behielt Recht.

»Schiffe im Überfluß!« rief er staunend aus. »Mindestens vier Dutzend. Welch wundersame Metallvermehrung!«

Da keiner der Insassen der HEWANORRA Lust auf eine Antwort hatte, quittierte es der Hyperphysiker mit einem halblauten »Hab' ich mir gleich gedacht.«

Madelaine Dorane bedachte ihn mit einem ungnädigen Blick. Sie schüttelte ihre feuerrot gefärbte Mähne. »Wenn du nur mal lernen würdest, im richtigen Augenblick den Mund zu halten.«

Sie straffte ihre Gestalt und sprudelte eine Reihe Anweisungen hervor.

»Versucht, die Kähne zu identifizieren! Ich brauche umgehend das Ergebnis der Infrarottastung. Was ist mit den übrigen Strahlungskomponenten? Arno, wieso ist die Auswertung der Schiffstypen in punkto Bauart und Oberflächenalter noch nicht abgeschlossen?«

Natürlich hatten die mit der Inpotronik gekoppelten Geräte die Werte längst erfaßt und stellten sie auf den Schirmen dar. Es dauerte allerdings ein paar Sekunden, bis die vier Besatzungsmitglieder den Inhalt voll erfaßt hatten.

»Dreiundfünfzig Wracks unbekannter Bauart, ohne energetische Aktivität«, meldete von Wolkenstein. »Ein weiteres Schiff besitzt typische Kugelform und sieht ziemlich neu aus. Im Gegensatz zu den anderen lassen sich keine Beschädigungen der Oberfläche erkennen. Einen Augenblick. Ich sehe etwas wie Schriftzeichen. Automat, den Zoom bitte. – Aha, es ist die AUTUN DE HARRAS!«

Madelaine Dorane lenkte die HEWANORRA an die Wracks heran und glich die Bewegung des Schiffes der Rotationsgeschwindigkeit des Asteroiden an. Der Leichte Holk kam hoch über den Wracks zum Stillstand. Die Inpotronik führte eine erneute Tastung durch und versuchte gleichzeitig, die AUTUN DE HARRAS per Funk zu erreichen.

»Nichts.« Seiko Konao schlug die Beine übereinander und lehnte sich zurück. »Vermutlich handelte es sich um einen fingierten Notruf. Jetzt sind wir hier und tappen blindlings in die Falle.«

Jellim a Cornu schaltete die leistungsfähigen Außenscheinwerfer ein und justierte anschließend die intensiven Lichtkegel auf die fremden Schiffe in der Nachbarschaft der Kugel.

»Terraner sind wohl ohne Ausnahme Angsthasen«, feixte er. »Sollen wir umkehren? Abhauen? Niemand hat uns bisher gesehen. Oder etwa doch?«

Die dreiundfünfzig nicht identifizierbaren Schiffe boten einen erbärmlichen Anblick. Vom Sonnenwind zerfressen und vom Aufprall unzähliger, winziger Felsbrocken zernarbt, lagen sie vermutlich schon Jahrhunderte auf der Oberfläche. Mit etwas Fantasie ließen sich die ursprünglichen Formen erahnen: schlanke Zylinder mit seitlich angebrachten Quadern. Entfernt ähnelten sie Vögeln mit ausgebreiteten Schwingen.

»Überprüfung negativ«, teilte die Inpotronik auf eine entsprechende Frage Arnos mit. »Schiffe dieser Bauart existieren im Katalog der raumfahrenden Völker der Milchstraße nicht.«

»Fremde?« Jellims Stimme klang ausgesprochen skeptisch. »Aus einer anderen Galaxis? Mit Verlaub, Madelaine, diese Wracks sehen nicht besonders fernflugtauglich aus.«

»Es spielt keine Rolle. Es kann sich auch um ein unbekanntes Volk unserer eigenen Sterneninsel handeln. Im Innern der Schiffe gibt es mit hoher Wahrscheinlichkeit keine Überlebenden. Aber in der AUTUN DE HARRAS. Macht euch bereit. Ihr wechselt in den Kugelraumer über.«

Die Neugier siegte bei allen dreien über mögliche Bedenken. Sie waren Wissenschaftler, Forscher. Keine Hasardeure und schon gar keine Raumsoldaten. Daß sie sich kommentarlos der Anweisung der Kommandantin beugten, lag darin begründet, daß sie alle froh waren, den gefährlichen Tests mit dem neuen Antrieb erst einmal entronnen zu sein.

Sie schlossen die Anzüge und nahmen Handstrahler sowie weitere Ausrüstung aus den dafür vorgesehenen Wandfächern.

Madelaines Stimme begleitete sie bis zur Schleuse.

»Laßt bloß eure Schutzschirme eingeschaltet, bis ihr drinnen seid. Vergeßt nicht, daß vielleicht doch eine Gefahr von den Fremdschiffen ausgeht. Die Geschütze der HEWANORRA sind auf die vermeintlichen Wracks ausgerichtet. Sobald auch nur das Anzeichen einer Gefahr auftaucht, löst die Inpotronik sämtliche Bordwaffen aus.«

»Klar doch«, brummte Arno von Wolkenstein und stapfte in die Schleuse. Zu dritt verließen sie die HEWANORRA und beschleunigten in Richtung Asteroid.

Die Existenz eines einzigen kleinen Himmelskörpers als Begleiter einer Sonne ohne einen Hinweis auf die frühere Existenz weiterer Trabanten stellte an sich schon einen

Ausnahmefall der Kosmologie dar. Daß der Asteroid einen Hohlraum besaß und sich unnatürlich schnell um seine Achse drehte oder zumindest schneller, als sein Durchmesser und seine Masse dies erwarten ließen, machte ihn regelrecht verdächtig.

Arno von Wolkenstein erreichte das Ziel als erster. Er paßte seine Geschwindigkeit der Rotation an und sank dann langsam auf die Oberfläche der AUTUN DE HARRAS. Ein leichter Ruck ging durch seinen Körper, als sich die Magnetschuhe einschalteten und ihn auf der Kugel hielten.

Mit unbeholfenen Schritten stapfte er hinüber zu der Schleuse, in deren Nähe er gelandet war. Die Sensoren der Schleusenautomatik führten keine Energie. Mit Hilfe eines Magnetschlüssels zog der Triebwerksingenieur den Stab aus der Oberfläche, der sich zu einem Drehkreuz ausklappen ließ. Der Stab funktionierte, das Schleusenschott glitt gemächlich zur Seite.

»Einsteigen bitte.« Er wartete, bis Seiko und Jellim drinnen waren, dann folgte er ihnen. Der Marsianer drehte bereits am Handrad.

Der Vorgang entsprach bis ins Detail dem, was sie bei allen Schiffen von Menschenabkömmlingen gewohnt waren. Nach dem Schließen des Außenschotts strömte aus einem Druckbehälter Atemluft in die Schleuse, und anschließend gab der Mechanismus das Rad für die Innenschleuse frei.

Diesmal durfte Seiko drehen. Jellim a Cornu und Arno von Wolkenstein zogen die Waffen und entsicherten sie.

Man konnte nie wissen…

3.

Das Schiff war verlassen. Hinweise auf die Besatzung fanden sich genug: persönliche Gegenstände in den Kabinen, halb geleerte Teller in der Kantine und verschütteter Fruchtsaft, der zu einer klebrigen Schicht eingetrocknet war. Aber es hielt sich kein einziges Lebewesen mehr an Bord auf. Die Schiffsanlagen ruhten, und Jellim mußte erst die Energiezufuhr einschalten, ehe er die Inpotronik in Betrieb nehmen konnte. Hastig gab er den allgemeinen terranischen Kode ein und identifizierte sich.

»Du wirst als berechtigt anerkannt, Fragen zu stellen«, teilte ihm der Automat mit. »Dies gilt nicht für deine Begleiter.«

»In Ordnung. Wo ist die Besatzung des Schiffes geblieben?«

»Darüber kann ich keine genauen Auskünfte erteilen. Die Besatzung hat einen Zugang zu dem hohlen Asteroiden entdeckt. Mein Auftrag lautete, nach einer bestimmten Frist einen Notruf abzustrahlen und mich danach gemäß Systemplan vier abzuschalten, falls die Besatzung nicht zurückkehrte.«

Die drei sahen sich an. Systemplan vier bedeutete, daß die Speicher der Inpotronik gelöscht wurden, so daß Fremde keinen Zugriff zu wichtigen Daten über das Schiff, seine Herkunft, die Mannschaft und die galaktischen Völker im allgemeinen erhielten.

»Wie lange dauerte die Frist bis zum Notruf?«

»Dreißig Stunden.«

»Und in der Zwischenzeit sind keine Besatzungsmitglieder zurückgekehrt?«

»Nein.«

Der Marsianer seufzte. Was sich nach der Abschaltung ereignet hatte, konnte die Inpotronik nicht wissen. Da es bei der Durchsuchung keine Spuren gab, mußten sie allerdings davon ausgehen, daß keines der Besatzungsmitglieder zurückgekehrt war.

»Das Hanse-Kontor TEILHARD fing den Notruf auf«, fuhr er fort. »Deshalb sind wir hier. Unsere Kommandantin ist Hanse-Spezialistin und wird der Sache nachgehen. Wie viele Besatzungsmitglieder besitzt die AUTUN DE HARRAS?«

»Siebenundsechzig. Das Kommando führt Larten Maaq, eine Akone.«

»Und du bist ganz sicher, daß sie alle in das Innere des Asteroiden vorgedrungen sind?«

»Ja. Absolut.«

»Wo finden wir den Zugang?«

Der Automat nannte Koordinaten, bezogen auf den Standort des Kugelschiffes.

»Das müßte sich finden lassen«, bestätigte Arno von Wolkenstein.

»Ich wünsche euch Erfolg«, sagte die Inpotronik. »Die Energiezufuhr schaltet sich in wenigen Minuten automatisch ab.«

»Also, dann wollen wir mal«, meine Seiko Konao. »Hört eigentlich in der HEWANORRA niemand zu?«

»Doch, natürlich«, kam die Antwort der Hanse-Spezialistin. »Aber wozu sollte ich mich einmischen? Meine Aufmerksamkeit gilt den fremden Schiffen. Zum Glück rührt sich dort nichts.«

»Sollen wir…?« begann die Terranerin.

»Nein, nein, keine Sorge«, beruhigte sie Madelaine Dorane. »Dort drüben gibt es bestimmt nichts mehr, was von Interesse für uns sein könnte. Falls es euch interessiert: Eine Abtastung der Oberflächen dieser Kähne ergab einen Verrottungswert von zweihundertundvierzig Jahren plus minus zehn.«

»Hübsch. Da sind die Leute von der AUTUN DE HARRAS ja direkt Grünschnäbel. Am besten, wir informieren jetzt TEILHARD oder wenden uns direkt an Adams.«

»Nein, Seiko.« Die Kommandantin widersprach. »Unsere Mission ist nach wie vor geheim. Ich erwarte euch im Bughangar. Over.«

»Over.«

»So ein Mist!« Jellim a Cornu begann haltlos zu fluchen. Bei der Erwähnung des Bughangars fielen ihm und seinen Begleitern alle ihre Sünden ein.

Sie verließen den Kugelraumer auf demselben Weg, den sie gekommen waren. Wie drei Pfeile schossen sie empor zur HEWANORRA und orientierten sich an den eingeschalteten Blinklichtern. Der Bughangar diente zur Unterbringung der kleinen Fahrzeuge. Entsprechend ihrer Mission stand lediglich ein einzelner Gleiter darin.

Madelaine Dorane empfing sie hinter der Schleuse. Sie machte eine einladende Handbewegung und trat zur Seite. Jellim klappte den Helm zurück und schlug sich mit der Hand gegen die Stirn.

»Das darf doch nicht wahr sein. Sag, daß das nur ein Traum ist.«

Die Kommandantin gab keine Antwort.

Wie das Monstrum es geschafft hatte, alle Haken aus der Verankerung zu lösen und dann wie ein Vogel durch den Hangar zu fliegen, blieb für alle Zeiten ein Rätsel. Fest stand nur das Ergebnis des Ausflugs.

Der Gleiter sah aus, als habe jemand mit einem riesigen Hammer auf ihm herumgeschlagen. Zudem wiesen zwei Wände des Hangars überdimensionale Dellen auf, selbst die Decke war beschädigt. Die Kanzel des Gleiters lag in tausend Scherben verstreut umher. Am Rumpf fehlte ein Teil der Seitenverkleidung, und die Schubdüsen am Heck hingen teilweise nur noch zu einem Drittel in ihren Lagern.

»Das kommt davon«, vernahm der Marsianer die Stimme der Hanse-Spezialistin wie aus weiter Ferne. »Welche Versicherung den Schaden zahlt, werden wir klären, wenn wir unsere eigentliche Mission abgeschlossen haben.«

Sie machte noch immer keinen Hehl daraus, daß sie gegen ihren Willen hierhergeflogen war. Wertvolle Zeit ging verloren, und sie dachte vermutlich daran, daß Waringer und Adams bereits ihrer Vollzugsmeldung entgegenfieberten.

»Ein Einsatz der Space-Jet ist Verschwendung«, fuhr Madelaine Dorane fort. »Wir gehen zu Fuß. Die HEWANORRA bleibt in ihrem Orbit und achtet weiterhin darauf, daß sich bei den Wracks und bei der AUTUN DE HARRAS nichts rührt. Achtung, für den Einsatz gilt Alarmstufe eins. Komplettiert eure Ausrüstung und haltet euch bereit. Der Einsatz beginnt in fünfzehn Minuten.«

Sie trennten sich und näherten sich den Koordinaten von vier Seiten. Im Licht der weißen Sonne zeichneten sich ihre Gestalten grell gegen den dunklen Hintergrund der Felsen ab.

Mit seinen Klüften und Schründen wirkte der Asteroid wie eine Großausgabe der gestrandeten Schiffe. Ein Kraterwall reihte sich an den nächsten. Dahinter ragten steile und zerrissene Felsmassive auf, deren Spitzen die Erosion über Jahrmillionen abgetragen hatte. Und es gab Senken voller Staub. Wie Meere füllten sie Abgründe bis zu zweihundert Metern Tiefe auf.

Die Tastung ergab keine Hinweise auf den Verbleib der Besatzung des Kugelraumers. Nicht einmal Spuren im Staub deuteten darauf hin, daß sich hier vor kurzer Zeit Lebewesen aufgehalten hatten.

Vier Puppen gleich, stelzten die Frauen und Männer

über den porösen Boden und hielten auf eine schmale Schlucht zu. An ihrem Steilabfall blieben sie stehen, zwei links, zwei rechts.

»Da unten ist es irgendwo.« Die Hanse-Spezialistin deutete in den engen Spalt hinab. »Weiter vorn erweitert er sich etwas. Dort finden wir garantiert einen Zugang.«

»Und wozu? Das bringt doch alles nichts. Wir haben bisher keine Spuren gefunden. Die Besatzung der AUTUN DE HARRAS ist definitiv verschollen. Was sollen wir da noch tun? Laßt uns umkehren.«

Der Gesinnungswandel des Olympers kam wie ein Blitz aus heiterem Himmel über sie.

»Hab' ich mich verhört?« fragte Jellim. Und Seiko fügte hinzu: »Wer hatte es denn so eilig, die Tests abzubrechen und dem Notruf nachzugehen?«

»Beachtet es nicht«, sagte Madelaine Dorane. »Es ist der Raumkoller. Wir haben ein Ziel, und das werden wir erreichen.«

»Es ist bereits erreicht«, argumentierte der Triebwerksingenieur. »Unser Auftrag lautete, nach dem Verbleib des Schiffes zu sehen und der Besatzung Hilfe zu leisten. Dies ist nicht möglich. Es befindet sich niemand an Bord. Was geht uns der Asteroid an. Wir können ja das leere Schiff ins Schlepptau nehmen. Mehr ist wirklich nicht nötig.«

Wie gern hätte Madelaine Dorane ihm zugestimmt. Vor einer Stunde noch wäre sie für soviel Unterstützung dankbar gewesen. Jetzt war es zu spät, um nach Argumenten für einen Abbruch der Nachforschungen Ausschau zu halten.

»Damit eines klar ist: Wir verschwinden nicht eher, als bis wir Gewißheit über das Schicksal der AUTUN-Besatzung haben.« Die Kommandantin setzte sich in Bewegung und steuerte auf die Erweiterung der Schlucht zu. Sie fand einen steilen, mit Staub belegten Hang, den sie langsam hinabstieg. Die Öffnung der Schlucht gähnte ihr wie der aufgesperrte Rachen eines Ungeheuers entgegen. Angestrengt starrte sie hinein, als müsse dort jeden Augenblick ein feuerspeiender Drache erscheinen.

Laut Koordinaten befand sich der Eingang weiter hinten in der Schlucht.

Ihre Begleiter machten es sich bequemer und schwebten mit Hilfe des Antigravs ein. Jellim a Cornu blickte in die Runde und machte eine einladende Geste in Richtung Finsternis.

»Freiwillige vor. Wer geht? Also gut, da sich keiner meldet, übernehme ich das.«

Wenige Zentimeter über dem Boden trieb er davon. Die Dunkelheit verschlang ihn, und sie sahen ein paar Sekunden lang das Licht des Helmscheinwerfers. Dann erlosch auch dieses.

»Wir haben dich soeben aus den Augen verloren«, sagte die Hanse-Spezialistin. »Wie sieht es aus?«

»Fels, soweit das Auge reicht. Der Boden der Schlucht senkt sich ein Stück abwärts. Merkwürdig. Das Ganze nimmt eine ovale Form an. Voraus wird der Gang sogar kreisrund. Es ist eine Art Stollen, in dem ich mich jetzt bewege. Die Wandung sieht aus wie geschliffen. Es fällt mir schwer, das als natürlich entstanden anzusehen.«

»Sei vorsichtig. Wenn dir etwas nicht geheuer ist, kehr sofort um. Was ist mit Spuren?«

»Es gibt in der Schlucht und hier nur glatten, blanken Fels, als habe jemand den Staub einfach hinausgeblasen. Spuren sind keine erkennbar. In die Wände hat leider niemand Zeichen eingeritzt, und verlorene Ausrüstungsgegenstände liegen auch keine herum. Totale Fehlanzeige, wenn ihr mich fragt.«

»Tun wir aber nicht, Jellim. Mach weiter.«

Minuten lang herrschte Stille, und sie hörten nur seinen Atem. Plötzlich aber beschleunigte sich dieser.

»Da hat sich etwas bewegt«, flüsterte Jellim.

»Geh nicht weiter«, hauchte die Hanse-Spezialistin. »Wir kommen.«

Sie machten sich auf den Weg. Zweihundertvierzig Meter tief im Stollen trafen sie zusammen. Madelaine deutete nach vorn.

»Welcher Abstand?«

»Vielleicht dreißig, vierzig Meter. Hinter der leichten Krümmung, die ihr seht.«

Da sie ungeniert über den Helmfunk kommunizierten, konnte jeder mithören, der sich in der Nähe befand. Besatzungsmitglieder der AUTUN DE HARRAS hätten sich längst gemeldet, wenn sie bei Bewußtsein gewesen wären.

Die Hanse-Spezialistin schob sich an dem Hyperphysiker vorbei, doch er hielt sie zurück.

»Das ist mein Job«, knurrte er. »Ihr folgt mir immer dann, wenn ich es sage.«

Er setzte sich erneut in Bewegung. Dicht über dem gewölbten Untergrund schwebte er davon.

In Etappen von jeweils zehn Metern kamen sie hinter ihm her.

»Oh«, hörten sie Jellim sagen. »Das ist fantastisch. Kommt her zu mir. Ich denke, es besteht keine Gefahr.«

Hastig schlossen sie zu ihm auf.

»Mein Taster sagt, es ist organisch«, flüsterte er. »Kein Irrtum möglich. Was mag es sein?«

Sie starrten auf das Ding, das den Stollen abschloß. Dunkle, geschwungene Linien teilten das Gebilde in vierzig und mehr Blätter einer Rosette auf. In seiner unmittelbaren Umgebung wies die Wandung eine rauhe Struktur auf. Einzelne Felsbrocken lagen vor dem Verschluß.

Mitten in einem luftleeren Stollen eines einsamen Asteroiden lebte etwas.

»Eine uns unbekannte Existenzform«, sagte die Hanse-Spezialistin. »Geh nicht näher ran.«

»Ich bin ja nicht lebensmüde. Das Ding pulsiert, und es scheint eine Art Lamellenstruktur zu besitzen – ähnlich dem Verschluß einer altertümlichen mechanischen Kamera.«

»Eine Venus-Falle«, flüsterte Seiko Konao fasziniert.

»Ihr macht mir hoffentlich die Entdeckung nicht streitig. Egal ob Tier oder Pflanze. Es wird meinen Namen tragen. Jellim a Cornu Azelea oder so ähnlich.«

»Ich würde es Lieblicher Marsianerfresser nennen«, knurrte von Wolkenstein sarkastisch. »Vergiß nicht, daß wir hier an den Koordinaten stehen, die den Eingang in die Hohlwelt symbolisieren. Die Lamellen, wie du es nennst, sind eine Art Tür.«

Er vergaß jede Vorsicht, ging auf das Ding zu und bückte sich. Mit einem Stein bewaffnet kehrte er zurück.

»Wollen mal sehen, was passiert.«

Er schleuderte den Stein mit aller Kraft in Richtung des etwa fünf Meter durchmessenden Gebildes. Er prallte gegen eine der Lamellen und schien einen Augenblick schwerelos in der Luft zu hängen. Blitzschnell öffneten sich die Lamellen einen Spalt breit und verschlangen ihn. Im Licht der Helmscheinwerfer beobachteten die vier Männer und Frauen, wie sich die Kanten der einzelnen Lamellen um den Stein legten.

Eine halbe Sekunde später spuckte das Gebilde den Stein wieder aus. Er schoß mit hoher Geschwindigkeit davon, verfehlte die vier nur knapp und prallte gegen die Wandung des Rundstollens.

»Fehlanzeige«, kommentierte Arno von Wolkenstein. »Du hast den falschen Schlüssel. Wir sollten es vielleicht auf die herkömmliche Art probieren.«

»Ach nein!« Wenn sie nicht die Helme getragen hätten, wäre das rote Gesicht des Marsianers garantiert aufgefallen. »Und wie stellst du dir das vor? Einfach anklopfen?«

»Genau.«

Der Olymper versuchte es mit einem Funkspruch an einen mutmaßlichen Pförtner hinter der Tür. Es nützte weniger als der geworfene Stein.

»Mit den Händen berühren ist vermutlich sinnvoller«, dachte Seiko Konao laut. »Wer opfert seine Hände?«

Jellim a Cornu achtete nicht auf das Geschwätz seiner Begleiter. Er näherte sich dem Gebilde, bückte sich und untersuchte die Felsbrocken. Einer sah aus wie ein Eiszapfen. Er nahm ihn auf und streckte ihn dem Ding entgegen. Vorsichtig berührte er die Oberfläche einer Lamelle und führte die Spitze der Felsnadel daran entlang. Das Gebilde gab ein wenig nach. Es reagierte deutlich auf den Reiz.

»Laßt es in Ruhe«, zischte Seiko jetzt. »Ich spüre Gefahr. Es ist besser, wir kehren ins Schiff zurück.«

»Mutantin bist du aber nicht, oder?« erkundigte sich die Hanse-Spezialistin sarkastisch. »Zumindest haben wir bisher nichts von dieser Fähigkeit mitbekommen. Jellim, hör auf damit!«

Sie streckte die Hand aus, um ihrer Anweisung Nachdruck zu verleihen. Die beiden Energieschirme berührten sich kurz, winzige Funken sprühten.

Der Marsianer ließ sich nicht aus der Ruhe bringen. Die Felsnadel strich an dem organischen Gebilde entlang und beschrieb einen Kreis um die Mitte, in der zuvor die Öffnung entstanden war.

»Da!« stieß von Wolkenstein hervor.

Das organische Gebilde bewegte sich. Die Lamellen wogten vor und zurück, schoben sich auseinander und gaben den Blick auf einen riesigen Hohlraum frei. Ockergelbes Licht drängte ihnen entgegen und schob sich wie ein Schleier über ihr Blickfeld.

4.

Vorsichtig setzte Madelaine Dorane einen Fuß vor den anderen und durchquerte die Öffnung. Sie stieß gegen etwas Durchsichtiges, vergleichbar einer Seifenblase. Es riß, und der entstehende Sog entweichenden Gases warf sie nach hinten. Mühsam hielt sie ihr Gleichgewicht. Im nächsten Augenblick schloß sich der kaum wahrnehmbare Vorhang wieder.

Die Hanse-Spezialistin verharrte auf der Stelle. Aus den Augenwinkeln nahm sie wahr, daß sich die Lamellen zu schließen begannen.

»Mir nach«, ordnete sie über den Helmfunk an. »Schnell!«

Arno von Wolkenstein und Jellim a Cornu schlossen zu ihr auf: Im Abstand von jeweils einer Armlänge zueinander überquerten sie die durchsichtige *Grenze,* stemmten sich gegen den aufkeimenden Sturm und warfen sich dann zu Boden, um dem Sog weniger Angriffsfläche zu bieten. Wie Robben bewegten sie sich über den harten Untergrund. Hinter ihnen schloß sich der Vorhang. Der Sturm flaute ab.

Madelaine blickte sich um. Seiko Konao fehlte. Die Terranerin stand noch immer wie erstarrt draußen. Sie schien nicht wahrzunehmen, daß sie Gefahr lief, von den Gefährten getrennt zu werden.

»Los!« schrie die Kommandantin. »Komm her! das ist ein Befehl.«

Seiko Konao blieb stehen.

Die Hanse-Spezialistin stieß einen Fluch aus. »Ich habe es immer gewußt.«

Buchstäblich im letzten Augenblick warf sich die Terranerin vorwärts und zwängte sich an den Lamellen vorbei. Mit Wucht stieß sie durch die transparente Haut, warf sich zu Boden und rollte sich ab. Unbeschadet vom Sog des entweichenden Gases kam sie auf die Beine und verschränkte die Arme.

»Was hast du immer gewußt?«

»Daß du eine absolute Fehlbesetzung in unserem Team bist.«

»Du mußt es wissen. Eines Tages werden dir deine Worte noch leid tun.«

»Möglich. So etwas muß ich immer einkalkulieren.«

»Hört auf«, sagte von Wolkenstein. »Der Zugang hat sich geschlossen. Wir sitzen erst einmal fest.«

Der Marsianer widersprach. »Du mußt das Ding nur kitzeln, dann öffnet es sich wieder.«

»Idiot!« Seiko Konao baute sich vor ihm auf. »Ihr leidet alle unter Gehirnerweichung. Wieso sind die Schiffe da draußen verrottet? Warum gibt es keine Besatzung? Nicht einmal einzelne Mitglieder? Sie haben denselben Fehler gemacht wie wir. Einmal drinnen, immer drinnen. Es gibt keinen Weg hinaus.«

Die vier starrten sich durch die Helmscheiben hindurch an.

»Seiko hat recht.« Von Wolkensteins Stimme klang bedrückt. »Und wie recht sie hat.«

»Na und?« fuhr die Kommandantin ihn an. »Wir haben unsere Ausrüstung. Zur Not sprengen wir uns einen Weg frei.«

»Und setzen damit die Existenz dieser Welt aufs Spiel, ja?« schrie die Terranerin.

Langsam gewöhnten sich ihre Augen an die ockergelbe Helligkeit im Innern des Asteroiden. Das Licht kam von überall her. Der gesamte Hohlraum strahlte Helligkeit ab. Der Horizont krümmte sich in allen Richtungen nach oben. Hoch über ihnen, Hunderte von Kilometern entfernt, lag die verwaschene andere Seite des Hohlraums. Das gelbe Licht bewirkte, daß die vier Menschen trotz der Krümmung der Umgebung nur auf eine Entfernung von ein paar hundert Metern deutlich sahen. Alles dahinter verschwamm im diffusen Licht.

»Die Schwerkraft beträgt 0,76 g«, erkannte Jellim nach einem Blick auf die Anzeige seines Multifunktionsgürtels. »Recht bequem. Die Atemluft weist einen hohen Prozentsatz an Sauerstoff auf. Höher, als wir es gewohnt sind. Kohlendioxid gibt es weniger, Edelgase ebenso. Dafür liegt der Anteil der Faulgase deutlich über dem für uns verträglichen Wert. Unmittelbar über dem Boden ist es aber für unsere Nasen lebensgefährlich.«

»Wir haben also die Wahl zwischen Euphorie oder Ersticken«, folgerte Madelaine. »Laßt die Helme geschlossen. Was ist mit Strahlung?«

»Infrarotstrahlung und das übliche Licht. Der Asteroid strahlt nach innen minimale UV-Strahlung ab. Muß an der Zusammensetzung des Gesteins liegen. Eine Gefahr für uns besteht nicht.«

Nebeneinander und mit den entsicherten Strahlern im Anschlag gingen sie über den leicht schimmernden Felsboden auf die ersten Gebilde zu.

»Welch ein Anblick«, schwärmte Arno von Wolkenstein. »Alles ist friedlich und harmonisch. So habe ich mir immer das Paradies vorgestellt. Eine Welt ohne Technik und mutwillige Zerstörung. Eine unberührte Welt.«

»Freu dich nicht zu früh«, warnte Seiko Konao. »Wir sind nicht die ersten. Wer weiß, was aus der Besatzung des Kugelraumers geworden ist? Ich traue dem Frieden nicht.« Sie blieb stehen und deutete auf den Boden. »Geister begleiten uns und löschen unsere Fußspuren aus!«

Sie starrten hinter sich. Die Sohlen der Stiefel mit ihren Mustern zeichneten sich auf dem Untergrund ab, blieben ein paar Sekunden erhalten und verschwanden dann.

Madelaine Dorane ging in die Hocke, legte den Strahler zur Seite und fuhr mit den Handschuhen über den Boden. Das, was sie bisher als Felsgestein angesehen hatten, besaß einen hauchdünnen Bewuchs. Die Hanse-Spezialistin bewegte die Fingerspitzen der Handschuhe gegen den Strich, und die Fasern richteten sich auf. An der Unterseite besaßen sie Härchen mit kaum sichtbaren Widerhaken.

»Muß wohl eine Art Moos sein«, meinte sie. »Es wächst unmittelbar auf dem Felsboden. Humus fehlt vollständig.«

Sie blickte über die Schulter zurück. Das Lamellen-Tor ragte leicht verwaschen zwischen den Felsen auf, als handle es sich um ein abstraktes Gemälde. Nichts deutete darauf hin, daß es sich um einen Durchgang handelte. Für einen Augenblick war sich die Plophoserin nicht mehr sicher, ob sie wirklich durch dieses Ding gekommen waren.

Die Gruppe bewegte sich auf die ersten Gebilde zu, die sich in der Nähe erhoben. Wie Miniaturen antiker Ruinen standen sie da, keinen halben Meter hoch. Sie wirkten gläsern und teilweise durchsichtig.

Jellim a Cornu aktivierte den Taster seines Anzugs und erkundete die Struktur der Gebilde. Es überraschte nicht, daß sie sich zu einem überwiegenden Teil aus Pflanzenfasern zusammensetzten.

»Sage jetzt keiner, daß das zu erwarten war.« Die Hanse-Spezialistin deutete mit dem Strahler auf die Gebilde.

»Schaut euch um. Sie sehen alle verschieden aus. Manche haben die Farbe des Felsgrundes, andere leuchten in dunklem oder hellem Braun. Weiter hinten sehe ich auch grüne und rote Farben.«

Ohne Ausnahme handelte es sich um Pastelltöne.

Wie eine Schlafwandlerin ging sie weiter, die anderen mit noch immer entsicherten Waffen neben ihr her. Die Pflanzen – wenn es denn wirklich welche waren – wuchsen auf dem Felsboden und reckten ihre Spitzen waagrecht zur Seite. Jede neigte sich mit allen Auslegern den anderen zu. Von ihnen kam das Licht. Und Licht bedeutete Wärme. Die Temperatur im Innern des Asteroiden betrug in der Nähe des Lamellenverschlusses knapp über dreißig Grad Celsius und stieg leicht an, je weiter sie sich davon entfernten.

Der Olymper aktivierte sein Funkgerät. »Hier spricht Arno von Wolkenstein vom Schiff HEWANORRA der Kosmischen Hanse. Hört uns jemand? Wir suchen die Besatzung der AUTUN DE HARRAS. Meldet euch.«

Außer einem leisen Rauschen kam nichts aus den Empfängern. Die Insassen des Kugelraumers verfügten entweder über keine Funkgeräte mehr oder hatten sie abgeschaltet.

Oder sie hatten es gar nicht bis ins Innere des Asteroiden geschafft, und die Informationen der Inpotronik des Kugelschiffes beruhten auf einem Irrtum.

Im Hintergrund nahm die Zahl der Pflanzengewächse zu, der feine Härchenbewuchs des Bodens ging in dichtes Gras über. Immer wieder versuchten die vier mit Hilfe der Veränderung ihrer Augenstellung zu bewirken, daß sie auch in die Ferne scharf sahen. Es funktionierte nicht. Das diffuse Ockerlicht machte ihnen einen Strich durch die Rechnung.

»Seht ihr den dunklen Fleck dort drüben?« Arno von

Wolkenstein deutete nach links. »Es könnte sich um eine Höhle handeln.«

Sie änderten die Richtung und hielten darauf zu. Der Fleck entpuppte sich als schwarzbraune Vertiefung mit dunklem Gras, von dem starke Faulgasbildung ausging.

»Schade«, meinte der Olymper. »Ein wenig hatte ich gehofft, hier die Besatzung der AUTUN zu finden.«

Sie schwärmten aus und vergrößerten ihre Entfernung vom Lamellentor auf gut zweihundert Meter. Die Vegetation nahm an Dichte zu. Das Gras reichte bereits bis über die Waden, und Jellim a Cornu begann zu schimpfen.

»Das ist Mördergras.«

Ein Teil der Halme war heller als die anderen und wie eine Sichel geschwungen. Das Zeug schlang sich um seine Stiefel und versuchte, ihn festzuhalten. Er strampelte sich frei und suchte hastig einen Ort ohne Sichelgras auf.

Sie näherten sich den ersten Büschen und Bäumen. Eine Vielfalt von Eindrücken und Farben drang auf sie ein. Die Büsche bestanden aus einem Gewirr aus Hunderten feiner und feinster Äste, jeder in einem anderen Farbton. Sie bogen ihre Ausleger in Richtung der Ankömmlinge, entfalteten dreieckige Fächer und wippten damit auf und ab. Die Bäume in der Nachbarschaft besaßen fülliges Blattwerk in metallischem Blau und ballten es zu dichten Wolken zusammen, unter denen die pastellgrünen Stämme fast vollständig verschwanden. An diesen existierten weißliche Verdickungen, die den Triebwerksingenieur von Olymp an die Kautschukgewinnung auf manchem rückständigen Planeten erinnerten.

Hinter den Bäumen erstreckte sich am Boden ein Meer aus Pilzen mit breiten Schirmen. Einige davon brachten es bis auf einen Quadratmeter überdachte Fläche.

Die Hanse-Spezialistin blieb stehen und deutete auf die Kolonie.

»Jellim, stell fest, ob sie giftig sind oder nicht. Seiko, hilf ihm dabei.«

»Sollen wir hier ein Labor aufmachen, oder was?« murrte die Terranerin und nahm ihre Box von der Schulter.

Seiko setzte sie in Gras und gab der Box über die Inpotronik des Schutzanzugs Anweisungen. Die Box fuhr einen Greifer aus, faßte nach einem der Pilze und bohrte ihn mit einer winzigen Nadel an. Sie sog ein Stückchen Gewebe heraus und verteilte es auf die verschiedenen Reagenzkammern. Das Gebilde bedankte sich dafür, indem es auf die Box einschlug und dabei fast den Greifer verbog. Mit einem Fluch leitete Seiko Konao die Desinfizierung des Greifers ein und ließ ihn einfahren.

»Neue Nachrichten aus dem Paradies«, verkündete Jellim a Cornu. »Es handelt sich nicht um Pilze, sondern eher um eine Spielart des Farns. Ein unmittelbarer Vergleich ist nicht möglich. Eines steht jedoch fest: In den Dingern befinden sich kristalline Substanzen. Vielleicht eine Ablagerung oder eine Symbiose. O verdammt!«

Der Baum in der Nähe streckte und reckte sein Gewölk und versuchte, den ungebetenen Gast zu prügeln. Der Marsianer brachte sich hastig in Sicherheit. Erst nach einer Weile getraute er sich, zu seiner Box zurückzukehren.

»Ein Paradies mit Hindernissen«, fuhr er fort. »Aber das läßt sich ändern.«

»Wie denn das?« wunderte sich der Olymper.

»Ganz einfach. Die Vegetation wird sich an unsere Anwesenheit gewöhnen. Und dann gibt es keine Hindernisse mehr für uns. Wir nehmen den Garten Eden in Besitz und sehen zu, daß wir Schiffe der Hanse zu seinem Schutz herbekommen. Adams wird sich freuen.«

»Nein!« Die Stimme der Kommandantin und Hanse-Spezialistin drang laut und scharf aus ihren Helmlautsprechern. »Ihr vergeßt, daß wir offiziell gar nicht hier sind.

Wir suchen die Besatzung des Kugelraumers, und sobald wir sie gefunden haben, kehren wir an Bord der HEWANORRA zurück und setzen unsere Tests fort.«

Als von den beiden Männern keiner reagierte, sagte Seiko: »Du mußt völlig übergeschnappt sein. Dies ist die Entdeckung des Jahrtausends. Und du willst sie verschenken?«

»Wir sind nicht die ersten. Larten Maaq, der akonische Kommandant des AUTUN DE HARRAS, ist doch kein Dummkopf. Er und seine Besatzung arbeiten bereits an der Beweissicherung. Und du vergißt die dreiundfünfzig Schiffe, die hier gestrandet sind. Ihre Insassen haben noch ältere Rechte an der Entdeckung. Falls sie oder ihre Nachfahren nicht ausgestorben sind.«

Siebenundsechzig Männer und Frauen, Mitglieder verschiedener galaktischer Völker, konnten nicht einfach spurlos verschwinden. Nicht in einem Hohlraum mit maximal vierhundert Kilometern Durchmesser. Jemand mußte irgendwann einen der Funksprüche auffangen.

Doch es geschah nicht. Und die Natur verhielt sich ausgesprochen diskret, indem sie alle Spuren umgehend auslöschte.

Jellim a Cornu zog die Konsequenz und stellte die Versuche ein.

»Hat keinen Sinn. Wahrscheinlich liegen die alle an irgendeinem See und baden und treiben es miteinander oder so ähnlich. Von den Bäumen fallen ihnen die Früchte in den Mund, sie müssen ihn nur weit genug aufreißen. Und aus den Büschen tropft Honig auf sie herab und vermischt sich mit ihrem ... ja ja.«

»Du phantasierst. Typisch Marsianer«, mokierte Seiko Konao sich. »Aber das sind wir ja gewohnt. Wenn deine überhitzten Fantasien mit dir durchgehen, dann hast du bisher noch jede Frau damit in die Flucht geschlagen.«

»Hört, hört.» Der Hyperphysiker äffte ihren Tonfall nach. »Da spricht die Erfahrung persönlich. Der männermordende Vamp von Terra. Zeig mal dein Gebiß. Bestimmt sind die Eckzähne doppelt so lang wie die Schneidezähne. Nenne mir doch einen anderen Grund, warum wir mit Larten Maaqs Leuten keinen Kontakt erhalten.«

»Nichts leichter als das. Sie existieren nicht mehr. Stell dir einfach vor, daß die Insassen der verrotteten Schiffe Kannibalen sind oder grundsätzlich Angehörige fremder Rassen nicht als gleichwertig erkennen. Sie halten sie für Tiere, sperren sie in Käfige und verspeisen sie.«

»Na, denn guten Appetit«, lachte Arno von Wolkenstein. »Ich stelle mir gerade vor, wie die versuchen, mich im Kochtopf weichzukriegen. Wollt ihr meine Version hören? Sie haben etwas entdeckt, was sie so beschäftigt, daß sie keine Zeit für uns haben. Sie empfangen die Funksprüche, aber sie beantworten sie nicht, weil sie ihren Standort geheimhalten wollen. Und wer das tut, hat einen triftigen Grund.«

»Und welchen?« Die Stimme der Kommandantin klang deutlich gereizt.

»Gold. Oder Howalgonium oder etwas Sensationelles. Das zweihundertste Element.«

»Jetzt spinnst du aber wirklich«, fuhr Seiko ihn an. »In diesem Steinbrocken gibt es keine Metallvorkommen. Oder wenn, dann nur als kaum meßbare Spurenelemente. Bist du dir eigentlich im klaren, wie groß die Bodenfläche hier drinnen ist? Da kannst du Jahrzehnte suchen, bis du etwas gefunden hast. Und bis dahin sind die Knochen des Akonen und seiner Leute längst vermodert und vom Boden absorbiert. Dann kannst du nur noch hoffen, daß jemand einen Grabstein mit dem Namen hinterläßt.«

»Hört endlich auf«, bat Madelaine Dorane. »Wir gehen systematisch vor und kämmen das Gelände durch. Irgendwann werden wir auf eine Spur stoßen. Und danach richten wir uns. Finden wir nichts, dann haben wir unsere Pflicht getan und können gehen.«

Sie setzte sich in Bewegung und eilte davon. Die anderen folgten betont gemütlich.

»Sie hat es immer noch nicht begriffen«, flüsterte Seiko Konao, wohl wissend, daß die Hanse-Spezialistin jedes ihrer Worte hörte. »Es gibt kein Hinaus. Vielleicht nicht einmal mit Waffengewalt. Wir werden es sehen, wenn wir erst vor der Alternative stehen. Es oder wir. Diese Welt oder unser Leben.«

»Dann schon mal viel Spaß«, wünschte ihr Jellim a Cornu. »Du bist ja für diese Welt und gegen dein Leben. Ich denke, du wirst zurückbleiben, während wir mit der HEWANORRA die Kurve kratzen.«

»Ja, so ähnlich. Dann kratzt mal schön. Aber achtet darauf, daß ihr nicht zuviel an den Bäumen hier beschädigt. Die nehmen euch das übel.«

Schlanke, gut zehn Meter hohe Gewächse ragten vor ihnen auf. Sie bestanden aus mehreren Stämmen und einem Gewirr aus Tausenden von filigranen Ästen. Diese streckten sie in alle Richtungen von sich, da das Licht von überall her kam. Plötzlich fuhr Madelaine Dorane herum. Sie bückte sich und tastete mit den Handschuhen über den Boden.

»Da war etwas. Ein kleines Tier vielleicht. Das bedeutet …« Sie ließ den Satz offen und fuhr erst nach einer Weile fort. »Wenn unsere Erkenntnisse tatsächlich stimmen, dann erleben wir hier ein Wunder der Schöpfung. Der Stern dort draußen hat nie andere Begleiter besessen als diesen einen Asteroiden. Was in anderen Sonnensystemen zur Bildung einer Sonne und ganzen Reihen von Planeten und Trabanten führte, beschränkte sich hier auf einen einzigen, zudem kleinen Himmelskörper. Zu weit vom Muttergestirn entfernt, um auf der Oberfläche Leben zu entwickeln, entstanden die Keime im Innern. Die wahnsinnig schnelle Rotation führte dazu, daß sich kein kompakter Felsbrocken entwickelte, sondern ein gasgefüllter Hohlraum mit einem steinernen Mantel und mindestens einer Druckschleuse. Und so entstand in diesem Asteroiden Leben; seine Rotation hat sich selbst nach Millionen von Jahren nicht so wesentlich verlangsamt, daß dieses Leben zum Untergang verurteilt wäre. Vielleicht ist sogar ... Nein, der Gedanke ist einfach zu fantastisch.«

Arno von Wolkenstein beugte sich über sie.

»Was meinst du?«

»Die Lamellentore. Ich bin sicher, daß es mehrere gibt. Es muß einfach so sein. Immer wieder, vielleicht alle paar tausend Jahre, stößt der Asteroid einen Gasschweif aus und trägt so dazu bei, daß Rotationsverluste durch einen zusätzlichen Bewegungsimpuls ausgeglichen werden. Vielleicht geschieht es sogar in Abständen von hundert Jahren unserer Zeitrechnung. Sobald wir wieder draußen sind, finden wir es durch eine exakte Abtastung der Gravitationsverhältnisse heraus.«

»Närrin«, warf Seiko ihr vor. »Wie sollen wir jemals hier rauskommen? Unsere Konzentrat-Rationen reichen für maximal drei Wochen.«

»Du vergißt den Notruf, der aufgefangen wurde. Man wird die HEWANORRA draußen sehen und das wird Adams und Waringer auf den Plan rufen«, sagte Jellim a Cornu. »Wieso kommt außer mir keiner darauf? Sie werden uns hier rausholen. Ich habe die Schleuse übrigens markiert.«

Arno von Wolkenstein grunzte geräuschvoll und hielt sich an einem der tentakelähnlichen Äste des Baumes fest.

»Ach, und wie?« fragte er.

»Mit der Felsnadel von draußen natürlich.«

Statt einer Antwort stieß der Olymper einen lauten Schrei aus und versuchte, seinen Arm zu befreien. Aber es ging nicht. Vor Schmerz ging er in die Knie.

Die Hanse-Spezialistin erfaßte innerhalb von Sekundenbruchteilen, was vor sich ging. Sie warf sich auf von Wolkenstein und begann an dem Strang zu zerren, der sich um den Arm des Mannes gewickelt hatte.

»Ein Messer, schnell!« keuchte sie. Aus den Augenwinkeln heraus nahm sie wahr, wie der Marsianer seine Waffe hob und auf das Gewächs zielte. »Nein!« Sie riß das linke Bein hoch und trat ihm den Lauf zur Seite. »Bist du übergeschnappt? Willst du den ganzen Baum abfackeln?«

Dankbar nahm sie das Messer, das die Terranerin ihr entgegenstreckte. Sie packte den Strang und stieß zu. Die Klinge drang tief in das Gewebe ein. Eine gelbliche Flüssigkeit sickerte heraus. Gleichzeitig begann der Strang zu zucken. Sein Ende löste sich vom Arm des Olympers und rollte sich ein.

Ein schrilles Kreischen wie von einer altertümlichen Metallsäge zerriß die Stille der Natur und strapazierte ihre Gehörgänge. Daß sie nicht bewußtlos zusammenbrachen, verdankten sie den Filtern ihrer Helme. Alle Äste und Stränge des Baumes begannen wie Tentakel zu zappeln und zu schlagen. Doch die Bewegungen waren unkontrolliert und nicht gegen die vier Störenfriede gerichtet.

Jellim a Cornu deutete auf die Pflanzen der Umgebung. Sie bogen sich ohne Ausnahme in Richtung des Baumes und streckten ihm ihre Äste und Zweige entgegen. Doch ihr Abstand war zu groß, sie erreichten ihn nicht.

»Sie wollen ihm helfen«, hauchte der Marsianer. »Sie leiden mit ihm.«

Arno von Wolkenstein stöhnte und krümmte sich zusammen. »Mein Arm, helft lieber meinem Arm!«

Madelaine Dorane nestelte an den Magnetverschlüssen seines Anzugs.

»Es muß sein«, sagte sie. »Behalte deinen Helm auf und setz dich hin. Nicht auf den Boden legen!«

Vorsichtig schälte sie ihn aus dem Oberteil, bis der Arm frei lag. Mit dem Messer schnitt sie den Ärmel der Unterkleidung auf und zog die Streifen nach hinten.

Der Unterarm des Triebwerksingenieurs war geschwollen. Der Strang hatte ihn halb abgequetscht, und links und rechts staute sich das Blut in zwei dicken Wülsten von inzwischen dunkelroter Farbe.

Die Hanse-Spezialistin legte zwei Injektionspflaster auf, aber sie halfen nicht viel. Entschlossen zog sie ihr eigenes, noch nicht benutztes und daher steriles Messer und zog links und rechts in den Schwellungen zwei kurze Schnitte. Blut spritzte gegen den Baum. Von Wolkenstein keuchte vor Schmerz und Überraschung und biß hastig die Zähne zusammen. Madelaine Dorane trug Wundspray aus seinem eigenen Vorrat auf und wartete, bis es eingetrocknet war. Dann verpackte sie den Arm wieder und verschloß den Schutzanzug.

»Ich sehe mir den Arm alle Stunde an. Du gibst dir in zehn Minuten eine Injektion zur weiteren Desinfizierung.«

»Danke«, murmelte der Olymper. »Es geht mir bereits besser. Dieses Scheißding. Von wegen Paradies. Das ist die Hölle.«

»Berühren verboten!« Seiko Konao starrte ihn durch seine Helmscheibe an. »Wir müssen vorsichtiger sein. Auch ein Paradies hat seine Regeln.«

Das schrille Kreischen nahm ab und erstarb mit einem

letzten Klirren. Jellim a Cornu betrachtete den Strang. Er nahm seine Analysebox von der Schulter und fing ein bißchen von der gelblichen Flüssigkeit in einer der acht Kammern. Mit Seikos Messer schnitt er ein winziges Stück des Pflanzenmaterials ab und legte es in eine andere Kammer. Er klappte die Box zu, setzte den Analyse-Mechanismus in Gang und wartete.

Etwas huschte zwischen den vielen Pastellfarben der sie umgebenden Pflanzenwelt entlang. Es besaß eine grellrote Markierung, und Jellim vermochte nicht, es genau zu erkennen. Hinter seinem Rücken stieß Seiko einen leisen Schrei aus.

»Da ist etwas. Und da und dort. Es sind mehrere. Winzige Schatten mit einem roten Fleck. Einem großen, roten Fleck wie beim Jupiter.«

»Ich habe es auch gesehen«, bestätigte die Kommandantin. »Nennen wir es einfach *Zwerge des Jupiter*.«

Die Box lieferte erste Ergebnisse. Bei der gelblichen Flüssigkeit handelte es sich um hoch konzentrierten Nährsaft, der auf menschlicher Haut wie Säure wirken konnte. Die Gewebeproben bestanden aus reinen Pflanzenfasern, ähnlich wie bei den Farnpilzen zu kristalliner Struktur verdichtet. Dadurch erklärte sich auch die übermenschliche Kraft, die der Strang auf Arno von Wolkensteins Arm hatte ausüben können. Ein bißchen länger, und er hätte ihm den Unterarm gebrochen.

Vielleicht, dachte die Hanse-Spezialistin, *wäre es gut gewesen. Wir hätten einen Grund gehabt, unverzüglich zur HEWANORRA zurückzukehren. Und dort hätten wir gewartet, bis andere Schiffe eintreffen.*

Adams würde sowieso toben, wenn er erfuhr, daß sie das Schiff mit dem neuen Antrieb ohne Bewachung draußen über dem Asteroiden geparkt hatten.

Jellim a Cornu entleerte die Box und aktivierte den

Reinigungsmechanismus. Anschließend befestigte er sie wieder auf der Schulter.

»Da ist es schon wieder.« Seiko deutete zwischen die Büsche hinein. »Kleine Tiere mit mindestens zwanzig Beinchen.«

»Wenn es sich um ein geschlossenes Lebenssystem handelt, dann ergänzt hier jede Erscheinungsform die anderen«, sagte die Kommandantin. »Wir sind Fremdkörper und müssen uns vorsehen. Das System wird versuchen, uns auf irgendeine Weise loszuwerden. Es sei denn...«

Sie starrten sie erwartungsvoll an.

»... es sei denn, wir integrieren uns. Womit wir wieder bei der Frage wären, was aus den Insassen der vielen Dutzend Schiffe draußen und vor allem aus der Besatzung der AUTUN DE HARRAS geworden ist. Bestimmt ist es nicht unser Nachteil, wenn wir erst einmal von diesem Ort hier verschwinden.«

5.

Sie schwärmten aus und bildeten eine Viererkette. In Sichtweite gingen sie nebeneinander her und achteten darauf, daß sie genügend Abstand zu der Vegetation hielten oder wenigstens nicht mit ihr in Berührung kamen.

Je weiter sie sich von dem Lamellentor entfernten, desto dichter wurde der Pflanzenbewuchs. Madelaine Dorane nahm es als Indiz dafür, daß zumindest aus diesem einen Tor immer wieder Gas ins All entwich und Pflanzen, die sich zu nahe am Ausgang befanden, unweigerlich mit sich riß. Die Pastelltöne wichen kräftigeren Farben. Je weiter die kleine Gruppe vordrang, desto stärker schmerzten die

Farben in den Augen, und schließlich schalteten sie die Blenden ihrer Helmscheiben ein.

Wieder entdeckten sie die huschenden Schemen, und jedesmal blieb der Eindruck eines roten Flecks zurück. Die *Zwerge des Jupiter* bewegten sich rasend schnell. Entsprechend ihrer Größe und dem daraus in etwa resultierenden Körpergewicht hielt Arno von Wolkenstein das Tempo für absurd, ja geradezu unmöglich.

Keiner widersprach ihm. Sie wußten, daß sie in dieser fremden Welt mit etlichen Überraschungen rechnen mußten.

»Wartet!« Seiko Konao blieb stehen und ging dann in die Hocke. »Ich habe hier etwas entdeckt.«

Sie gingen zu ihr. Die Terranerin deutete auf einen hellen Fleck am Boden. Er besaß etwa vier Meter Durchmesser, und in ihm zeichneten sich mehrere Abdrücke von Schuhen ab. Das Rillenmuster der Sohlen ließ keinen Zweifel zu.

»Das sind Stiefel von terranischen Schutzanzügen«, stellte Seiko fest. »Hier ist jemand von der AUTUN DE HARRAS gegangen. Der Schrittabstand weist ebenfalls auf einen Menschen hin.«

Ein Stück weiter nach rechts entdeckten sie ebenfalls einen solchen Fleck in der Farbe des Untergrunds. Der Bewuchs des Felsgesteins war hier dicker und kräftiger als in der Umgebung. Er speicherte ähnlich wie Moos viel Flüssigkeit in sich, so daß die Fußabdrücke nicht zu übersehen waren und sich längere Zeit hielten.

Der Notruf des Schiffes lag inzwischen neun Stunden zurück.

Sie folgten der Richtung, in die die Spuren wiesen, und erreichten eine Art Pfad, der in das immer dichter werdende Buschwerk hineinführte. Fußspuren gab es hier keine mehr, dafür entdeckten sie mehrere geknickte oder abgerissene Spitzen von Ästen und Zweigen sowie kleine Lachen des gelben Saftes, die am dunkelgelben Boden und in dem allgemein diffusen Ockerlicht fast weiß wirkten.

»Da! Acht, zehn Stück.«

Die winzigen Schatten huschten zwischen den Büschen entlang. Jellim setzte plötzlich den linken Fuß vor, bückte sich und schnappte mit dem Handschuh nach etwas. Die roten Flecken überall in ihrer Nähe verschwanden übergangslos. Der Hyperphysiker hielt triumphierend seinen Fang empor.

»Marsianer fängt *Zwerg des Jupiter*«, lachte er. »Mal sehen. Was haben wir da?«

Es handelte sich um ein kleines, zigarrenförmiges Wesen mit mindestens hundert winzigen Beinchen. Es besaß die gelbe Farbe seiner Umgebung mit Ausnahme des einen roten Flecks.

»Keine Augen, überhaupt keine Sinnesorgane«, fuhr Jellim a Cornu fort. »Merkwürdig. Und es fühlt sich federleicht an. Kein Wunder, daß es sich so schnell bewegen kann. Und diese Haut ...«

Sie erinnerte an die Pflanzen ringsum.

»Steck es in deine Box«, forderte ihn die Hanse-Spezialistin auf. »Was ist es?«

»Dazu brauchen wir keine Box.« Seiko nahm ihm das winzige Ding aus der Hand und hielt es empor. »Es setzt sich aus denselben Fasern zusammen wie alle anderen Pflanzen. Es ist *kein* Tier.«

Sie setzte die Zigarre auf den Boden zurück und ließ sie los.

Husch – weg war es. Der rote Fleck leuchtete kurze Zeit auf der Netzhaut der vier Menschen nach.

»Es beweist, daß wir es mit einem rein pflanzlichen Lebenssystem zu tun haben«, fuhr die Terranerin fort.

»Tiere werden wir nicht antreffen. Wie dieser riesige Organismus auf die Anwesenheit von tierischen Existenzen reagiert, müssen wir abwarten.«

»Abwarten? Der Notruf von der AUTUN DE HARRAS war wohl nicht deutlich genug?« Die Augen der Hanse-Spezialistin funkelten hinter der Helmscheibe. »Wir müssen herausfinden, was hier los ist.«

Sie blieben auf dem Pfad. Wie überall in der Höhlung des Asteroiden hatten sie den Eindruck, als ginge es weiter vorn bergauf. Doch die Krümmung täuschte. Überall zeigte die Schwerkraft exakt nach unten, so daß sie immer das Gefühl hatten, über eine Ebene zu gehen. Dies bewirkte zusammen mit dem diffusen Licht und der Unschärfe der Ferne, daß sie sich wie beim Marsch durch einen besonders intensiven Traum vorkamen. Wenn sie nur weit genug geradeaus gingen, dann befanden sie sich in fast vierhundert Kilometern Entfernung dort oben an der Decke, die als Meer aus verwaschenen Farben zu ihnen herableuchtete.

Vielleicht hatte die Besatzung des Kugelraumers es bereits bis dahin geschafft.

Wieder versuchten sie es mit dem Normal- und dem Hyperfunk. Erneut erhielten sie keine Antwort. Mit düsteren Gedanken über das Schicksal der Männer und Frauen marschierten sie weiter.

Plötzlich blieb Madelaine Dorane stehen. Jellim a Cornu prallte gegen sie.

»Nicht nachlassen«, nörgelte er. »Durchhalten!«

Erst dann sah er die Gestalt, die vor ihnen am Boden lag, halb im Untergrund versunken. Sie lag auf der Seite, so daß sie im offenen Helm einen Teil des Gesichts sehen konnten. Das Gesicht eines Mannes. Dort, wo es aus dem Boden ragte, befand sich ein roter Rand aus geronnenem Blut.

Die letzten Vorstellungen von einem Garten Eden zerplatzten wie Seifenblasen.

Es rauschte im Luftraum über ihnen. Sie zuckten vor dem Toten zurück und mußten gleichzeitig den strangförmigen Ästen und Zweigen der dichten Vegetation ausweichen. Die versuchten wie schon einmal, sich an sie zu klammern und ihnen buchstäblich das Blut aus dem Leib zu pressen. Vielleicht steckte nicht nur bloßer Instinkt, sondern Absicht dahinter.

Wenn die vier Männer und Frauen nach oben blickten, dann wollte es ihnen tatsächlich so scheinen, als herrsche zumindest ein stark ausgeprägter Instinkt vor.

Flugpflanzen stürzten sich auf sie herab. Mit ihren flachen und breiten Körpern erinnerten sie an Segel. Diese setzten sich aus unzähligen kleinen Blättern zusammen. Die Blätter bewegten sich rasend schnell und erzeugten auf diese Weise den nötigen Auftrieb. Wie Flugsaurier zielten sie auf die vier Personen.

Die Crew der HEWANORRA trat die Flucht nach vorn an. Der Olymper riß den inpotronischen Speicher aus dem Anzug des Toten und setzte dann mit einem Sprung über den Toten hinweg. Seine drei Begleiter folgten ihm. Die Angreifer schwebten höchstens noch drei Meter über ihnen. Sie vermochten nicht mehr, ihre Flugbahn zu ändern, und fielen auf den Toten. Dort blieben sie liegen. Die winzigen Blätter schlugen noch eine Weile in wildem Takt, ehe sie ihr Bemühen einstellten. Unten am Boden waren sie verloren. Sie verfärbten sich rasch und verfielen zu sprödem Laub. Als Reaktion darauf begannen die Stränge der Pflanzen auf den Körper des Toten einzuschlagen. Der Anzug hielt, aber darunter knirschten die Knochen, und aus dem Mund quoll ein immer breiter werdender Strom Blut.

Dem Toten war nicht mehr zu helfen. Sie rannten weiter und machten zehn Minuten später auf einer Lichtung halt.

»Verdammt, wir müssen aufpassen.« Seiko Konao keuchte »Das ist eine Nummer zu groß für uns. Glaubt mir, in dieser Welt ist kein Platz für tierische Organismen. Sie werden eliminiert, und zwar rigoros. Das System hält sich sauber.«

Arno von Wolkenstein schloß den Speicher an seine Inpotronik an und prüfte den Inhalt.

»Hendros Varfaystos, achtundsiebzig Jahre alt, Kolonist von Semprana, Pilot. Seit drei Jahren auf der AUTUN DE HARRAS tätig«, las er das Display ab. »Er bildete den Schluß einer Gruppe und wurde von den Pflanzen überwältigt. Als die Vorausgehenden den Überfall bemerkten, war es zu spät. Sie konnten ihm nicht mehr helfen. Sein Automat hat den Vorgang aufgezeichnet.«

»Wir ändern ab sofort unsere Taktik«, entschied die Hanse-Spezialistin. »Sollten wir wieder in Bedrängnis geraten wie vorhin, schalten wir ohne Rücksicht auf die Folgen unsere Schutzschirme ein. Vielleicht besitzt dieser Organismus ein gewisses Maß an Intelligenz und entscheidet in einem solchen Fall defensiv, also zum Schutz seines eigenen Systems. Übrigens werden wir seit unserer Begegnung mit dem Toten verfolgt. Nein, keine *Zwerge des Jupiter*. Es handelt sich um einen ziemlich großen Schatten, und er hält einen Sicherheitsabstand zu uns ein. Vermutlich ein Spion. Bisher konnte ich nicht erkennen, was für eine Gestalt er besitzt.«

Der Marsianer kratzte sich in gewohnter Manier an der Stirn. Daß der Helm dazwischen war, störte ihn nicht.

»Ein Überlebender der AUTUN?«

»Wohl kaum. Dann hätte er sich uns längst gezeigt. Vermutlich die nächsthöhere Gefährlichkeitsstufe hiesiger

Organismen. Man scheint endgültig auf uns aufmerksam geworden zu sein.«

»Wir stellen ihm eine Falle«, schlug der Olymper vor. »Unsere Gruppe trennt sich. Zwei bleiben zurück und lassen ihn vorbei. Auf welcher Seite hast du ihn gesehen?«

Madelaine Dorane deutete unauffällig nach rechts. »Ich bin sicher, er beobachtet uns auch jetzt.«

»Gut, wir machen scheinbar einen Ausfall in seine Richtung. Das treibt ihn von uns weg, falls er so etwas wie Instinkt besitzt. Er verliert uns für ein paar Augenblicke aus den Augen, und dann sind wir längst auf und davon. Ihr dürft nur nicht versäumen, Lärm für vier zu machen.«

»Einverstanden. Du bleibst mit Seiko zurück. Jellim und ich übernehmen die Spitze.«

Sie wandten sich nach rechts, stampften auf den Boden und achteten darauf, daß sie den Büschen nicht zu nahe kamen. Dann rannten Madelaine und Jellim plötzlich in der ursprünglichen Richtung weiter, während Arno und Seiko sich reglos in eine Kuhle kauerten.

Zunächst vernahmen sie nichts außer den Schritten der beiden Kameraden. Dann entstand ein leises Säuseln wie von Wind. Atemzüge klangen auf, und Augenblicke später entdeckten sie in zehn Metern Abstand zwischen den Büschen eine dunkle Gestalt. Gebückt trippelte sie mit kleinen Schritten vorbei. Als der Schatten außer Sichtweite geriet, machten sich die beiden an die Verfolgung. Sie hielten sich auf der Spur des heimlichen Beobachters und warteten, bis er die Plophoserin und den Marsianer eingeholt hatte.

Endlich bemerkte das Wesen, daß die Gruppe nicht mehr vollständig war. Es blickte suchend nach links und rechts, jedoch nicht nach hinten. Seine Sinnesorgane schienen nicht gerade empfindlich zu sein.

Das Wichtigste jedoch war, daß dieses Wesen ganz und gar nicht wie eine wandelnde Pflanze aussah. Als es sich zu seiner vollen Größe aufrichtete, maß es ungefähr eineinhalb Meter. Es besaß zwei Arme und Beine, einen kurzen Hals und einen kleinen, ovalen Kopf, war aber eindeutig nicht humanoid. Der Mund besaß verkümmerte Überreste von Mundzangen. Darüber lagen zwei winzige Atemlöcher, und die Augen schillerten facettenhaft. Kleidung trug das Wesen keine, aber sein Körper war von einer goldbraunen Schicht überzogen.

Arno von Wolkenstein stieß einen schrillen Pfiff aus, um die Kommandantin und den Hyperphysiker zu warnen. Das Wesen fuhr herum und musterte sie aus riesigen Augen.

Und es sagte etwas, was wie »Haiganaiga Naigahaiga« klang.

Der Translator der Hanse-Spezialistin arbeitete auf Hochtouren. Das Wesen schien zu wissen, was sie von ihm erwarteten. Es redete wie ein Wasserfall, und ab und zu deutete es auf bestimmte Körperteile und benannte sie mit Begriffen. Anschließend gab es den Pflanzen Namen und zuletzt den Schutzanzügen der vier Menschen.

Der Translator stellte Fragen, die das Wesen beantwortete. Zehn Minuten dauerte es, bis das Gerät am Gürtel der Kommandantin verkündete: »Die Grundzüge der fremden Sprache sind entziffert. Der Name des Wesens lautet Haiganaiga Naigahaiga.« Es schickte die Daten an die drei anderen Translatoren.

»Wir grüßen dich«, sagte Madelaine Dorane. »Wir kommen aus einem Schiff, das diese Welt erst vor kurzer Zeit erreicht hat.«

»Ja, das ist bekannt«, antwortete Haiganaiga Naigahaiga. »Ihr gehört zum selben Volk wie die anderen.«

»Wir suchen sie. Kannst du uns zu ihnen führen?«

»Nein. Sie sind zu weit entfernt. Ihr könnt sie nicht mehr zurückholen.«

»Warum nicht?«

»Sie sind WELT.«

Der Hanse-Spezialistin kam ein fürchterlicher Verdacht. »Sind sie so wie der Tote da hinten?«

»Nein. Sie sind WELT.«

»Erklär mir, was du unter WELT verstehst.«

Haiganaiga Naigahaiga machte eine Bewegung mit den Armen, die den gesamten Hohlraum einzuschließen schien. Diese Geste verstanden sie ohne Translator.

»Unsere Artgenossen sind ein Teil von WELT geworden.« Madelaine Dorane versuchte, ihre Erschütterung zu verbergen.

»WELT sagt es. WELT weiß alles.«

Haiganaiga Naigahaiga setzte sich und lud sie ein, ebenfalls auf dem Boden Platz zu nehmen.

»Was weißt du über WELT?«

»Die Ewigkeit. Das Immersein. WELT existiert vom Anfang bis zum Ende. Und wir mit ihm.«

Madelaine dachte angestrengt nach. »WELT ist ein rein pflanzlicher Organismus. Du gehörst nicht dazu. Was bist du?«

»Haiganaiga Naigahaiga.«

»Das sagtest du. Ich bin Madelaine Dorane. Bist du allein?«

»Nein. Das Volk der Zenossi ist groß. Es pflegt WELT. Und es gehört zu WELT.«

»Aber nicht seit Anfang an.« Die Kommandantin wandte sich an die Septadimtechnikerin. »Du solltest deine Ansicht revidieren. Dieses Lebenssystem hat nicht nur Platz für pflanzliche Organismen. Auch andere Lebewesen können integriert werden.«

An Haiganaiga Naigahaiga gewandt, fuhr sie fort: »Du gehörst zu den Besatzungen der Schiffe, die draußen auf der Oberfläche verrotten.«

Der Insektoide zögerte. »Das war vor dem Anfang von WELT«, sagte er dann.

Die Kommandantin verneinte. »Es ist hundert bis zweihundert Jahre unserer Zeitrechnung her. WELT existiert länger. Hast du keine Erinnerung mehr an die Zeit *davor?*«

»Ich kenne nur WELT. Aber fragt Doungilunghi Loungidunghi. Er ist unser Ältester und sehr weise. Vielleicht kann er euch eine Antwort geben.«

»Wo finden wir ihn?«

»Kommt mit!«

Er sprang auf und eilte an ihnen vorüber. Hastig folgten sie ihm.

Das Individuum aus dem Volk der Zenossi führte sie durch einen Wald in ein weites Tal. Es erstreckte sich etliche Kilometer weit, und seine Konturen folgten der Krümmung des Hohlraums. An seinen Flanken entdeckten sie Behausungen aus Pflanzen. Sie ähnelten terranischen Iglus, wie Seiko fand. Hunderte von Zenossi arbeiteten an den Bäumen und Büschen und reinigten deren Oberflächen. Bis weit hinauf auf die Hügel leuchteten die goldbraunen Leiber dieser Wesen.

»Sie sind die Gärtner des Lebenssystems«, sagte Jellim a Cornu. »Von ihnen können wir lernen, wie wir uns zu verhalten haben, damit die Pflanzen uns in Ruhe lassen.«

»Das wird nicht so einfach sein, wie du dir das vorstellst. Ist dir aufgefallen, daß sie über keinerlei technische Hilfsmittel verfügen, obwohl sie aus ihren Schiffen garantiert jede Menge Ausrüstung hergeschafft haben?«

Der Marsianer starrte die Terranerin an, als sei sie ein Geist.

»Deine Sinne sind so scharf wie deine Zunge«, spottete er. »Aber du hast recht. Mit unseren Schutzanzügen und den vielen Kilo Metall, die wir an uns herumtragen, werden wir nie Freunde dieser Welt sein. Wozu auch? Unsere Aufgabe sieht anders aus.«

Haiganaiga Naigahaiga führte sie zu einem der Pflanzen-Iglus und bot ihnen Platz an. Dann entfernte er sich. Madelaine nutzte die Gelegenheit und inspizierte Arnos Arm. Die Schwellungen klangen schnell ab, die Schnittwunden verheilten. Es sah nicht nach einer Entzündung aus, aber dennoch verabreichte sie ihm zwei weitere Injektionspflaster.

»Bis morgen merkst du nichts mehr davon. Allerdings solltest du den Arm schonen. Das beste ist, wir schicken dich ein paar Stunden in Heilschlaf.«

»Bloß nicht«, wehrte er ab. »Was den Schlaf angeht, hast du allerdings recht. Langsam könnte ich eine Mütze davon brauchen.«

Haiganaiga Naigahaiga kehrte mit einem Artgenossen zurück. Es handelte sich um einen sehr alten Zenossi mit brüchigem, stumpfem Überzug. Der Jüngere half ihm, sich hinzusetzen. Die Facetten des Wesens waren trüb. Es sog geräuschvoll die Luft ein und nahm Gerüche auf, weil die Augen kaum mehr sahen.

»Fremde«, orgelte sein Mund und erzeugte eine Reihe von rauhen und krächzenden Begleitgeräuschen. »Viele kommen, aber keiner geht. WELT in ihrer Vollkommenheit schlägt sie in ihren Bann.«

»Dies muß auch bei deinem Volk so gewesen sein« erinnerte der Marsianer. »In etlichen Dutzend Schiffen seid ihr gekommen und nie mehr gegangen. Ihr konntet WELT nicht mehr verlassen. Die Tore mit ihren Lamellen lassen sich nur von außen öffnen.«

»Jeder kann sie öffnen. Von außen und von innen«,

berichtigte Doungilunghi Loungidunghi. »Es ist eine Frage des Wollens. Wir haben uns entschieden, in dieser Welt zu bleiben. Einst fiel unsere Heimat der tödlichen Explosion ihrer Sonne zum Opfer. Ein paar hundert Schiffe waren weit genug entfernt, um den Sturm zu überleben. Sie teilten sich in mehrere Pulks und flogen in verschiedene Teile der Galaxis. Wir gelangten hierher und entdeckten den hohlen Asteroiden. Wir erkannten die Chance für unser Volk und blieben. Auch ihr werdet bleiben, ebenso die, die vor euch gekommen sind. Sie sind bereits ein Teil von WELT.«

»Wir danken dir. Wenn du erlaubst, werden wir uns umsehen.«

»Tut dies. Sucht euch einen Platz unter dem Himmel, hier unten oder dort oben.« Der uralte Zenossi deutete empor zur anderen Seite der Hohlwelt. »Ihr werdet überall willkommen sein. Und jetzt erlaubt, daß ich mich zurückziehe. WELT wartet darauf, mich endgültig in sich aufzunehmen.«

Er gab dem Jungen einen Wink. Haiganaiga Naigahaiga versetzte ihm einen leichten Schlag auf den Kopf. Der Uralte stöhnte leise, dann begann sein Körper zu knistern. Der Überzug bröckelte und verwandelte sich in Staub, und derselbe Vorgang erfaßte auch den ausgemergelt wirkenden Körper des Insektoiden. Der Weise zerfiel vor ihren Augen. Ein kleines, braunes Häufchen blieb von ihm übrig. Haiganaiga Naigahaiga schaufelte den Staub mit seinen Klauen empor und warf ihn in den kaum vorhandenen Wind.

»Er ist jetzt WELT. Wir alle werden ihm nachfolgen. Dies war sein Haus. Nehmt es, ihr werdet müde sein.«

Sie bedankten sich und schlüpften zu viert in das kleine, leere Pflanzen-Iglu. Die einzelnen Fasern wuchsen aus dem Boden und wölbten sich zu einer geräumigen Unterkunft.

Jellim starrte Seiko an. »Schon wieder Pech für dich. Die Lamellen lassen sich auch von innen bedienen. Niemand kann uns zwingen, in dieser Höhle zu bleiben.«

»Ich habe Ohren. Du brauchst mir das nicht extra unter die Nase zu reiben.« Die Terranerin sprang auf. »Ihr hängt mir richtig zum Hals raus. Ich kann euch nicht mehr sehen.«

Sie sprang auf und stürmte hinaus.

»Seiko!« Arno von Wolkenstein folgte ihr nach draußen und sah, wie sie zwischen den Iglus verschwand und die Flanke des Tals emporstieg.

»Seiko, bleib doch stehen!«

Sie hörte nicht auf ihn, wandte sich nicht einmal um. Mißmutig rannte er hinter ihr her.

»Kommt sofort zurück! Das ist ein Befehl.«

Madelaine Dorane klang mehr besorgt als zornig.

»Können vor lachen«, entgegnete von Wolkenstein. »Sie hört weder auf dich noch auf mich. Und sie ist schneller als ich.«

»Versuch sie aufzuhalten. Aber nimm Rücksicht auf alles andere.«

Irgendwie hatten sie alle das Gefühl, daß sie bisher nur deshalb so glimpflich davongekommen waren, weil sie auf den Einsatz aggressiver Technik verzichtet hatten. Andererseits, was sprach dagegen, wenn sie auf Angriffe der Natur mit Hilfe ihrer Schutzschirme reagierten? Daß der Einsatz der Handstrahler zu gefährlich war, leuchtete ja ein. Die Schutzschirme und Antigravs hingegen fügten dieser Welt sicherlich keinen Schaden zu.

Seiko Konao verschwand hinter dem Hügelkamm. Der Olymper hielt sich in ihrer Spur und hütete sich, zwischen den Büschen hindurch abzukürzen, die es hier oben in großer Zahl gab. Seine Beine wurden langsam schwer, es zählte nicht zu seinen täglichen Übungen, eingezwängt in einen Schutzanzug einen Hang hinaufzurennen. Er verminderte sein Tempo und achtete auf gleichmäßigen Atem. Zwei Minuten nach der Terranerin erreichte er den Kamm und blickte sich um.

Seiko lag ungefähr dreihundert Meter entfernt in einer Kuhle und bemühte sich, nicht von den Zenossi entdeckt zu werden. Eine Gruppe dieser Wesen transportierte Früchte und steuerte die Schneise zwischen zwei Waldstücken an, einen knappen Kilometer entfernt. Als sie sich weit genug entfernt hatte, folgte von Wolkenstein der Frau. Seiko hatte es plötzlich nicht mehr eilig. Sie wartete auf ihn.

»Halt die Luft an!« rief sie ihm zu. Da sie sich nach wie vor über den Helmfunk unterhielten, brauchten sie nicht zu befürchten, daß jemand sie hörte. »Da läuft eine ganz große Sache.«

»Leg schon los.«

»Die Zenossi da vorn befinden sich mit Früchten von WELT auf dem Weg zu den Verlorenen, um diese in WELT zu integrieren. Frage mich nicht, was das bedeutet. Wer mit den Verlorenen gemeint ist, kann ich mir schon eher vorstellen.«

»Du hast recht. Folgen wir ihnen.«

Sie wandten sich ein Stück nach rechts und hielten auf den Wald zu. Die Zenossi entdeckten sie nicht oder achteten grundsätzlich nicht auf das, was sich hinter ihnen tat. Sie marschierten durch die Schneise, und die beiden Verfolger schlossen bis auf hundert Meter zu ihnen auf.

In der Schneise gähnte ein großes Loch im Boden. Die kleinen und kleinsten Gesteinsbrocken rundherum deuteten darauf hin, daß hier absichtlich eine Vertiefung geschaffen worden war. Die Zenossi hielten darauf zu und verteilten sich.

Aus der Grube erklangen Rufe. Rufe in Interkosmo. Die beiden Verfolger blickten sich kurz an, dann rannten sie los.

Von wegen, die Besatzung sei bereits vollständig ein Teil von WELT geworden. Sie befand sich höchstens auf dem Weg zu diesem zweifelhaften Glück.

Die Zenossi warfen die Früchte in die Tiefe und zogen sich dann von der Grube zurück. Sie reihten sich am Waldrand auf und verharrten dort. Vermutlich wollten sie Zeugen des Vorgangs werden. Jetzt erst wurden sie auf die beiden nahenden Gestalten aufmerksam. Es schien sie nicht zu beeindrucken. Sie rührten sich nicht.

»Nicht essen!« schrie Arno von Wolkenstein. Er wußte nicht, warum er so sicher war. Er glaubte einfach, daß es sich um gefährliche Früchte handelte und Seiko die Zenossi richtig verstanden hatte. Atemlos erreichte er die Grube und fiel fast hinein. Er ließ sich auf die Knie sinken.

»Nicht essen!« wiederholte er auf Interkosmo.

Ein Dutzend Gesichter starrte zu ihm empor. Ausgemergelte Gestalten sahen ihn an. Sie trugen noch Teile ihrer Anzüge, aber ohne Helme. Die Augen dieser Männer und Frauen lagen tief in ihren Höhlen. Offenbar befanden sie sich nicht mehr weit vom Hungertod entfernt.

Der Olymper erkannte neben Menschen Akonen und Arkoniden.

»Wir geben euch von unseren Konzentraten. Aber eßt nicht von den Früchten!« rief er hinab.

»Endlich. Rettung. Wie habt ihr uns gefunden?« fragte eine matte Stimme. Sie gehörte einem weißhaarigen Arkoniden mit typisch albinoroten Augen. Er schlug einem seiner Nachbarn die Frucht aus der Hand, als dieser stumpfsinnig hineinbeißen wollte.

»Wir erhielten die Mitteilung von dem Notruf eurer Inpotronik, flogen zu den Koordinaten und entdeckten den Asteroiden. Jetzt sind wir da und helfen euch. Wartet, ich hole euch herauf.«

Er warf einen Blick hinüber zu den Zenossi. Diese waren mit ihren Körpern halb im Boden versunken. Der Anblick erinnerte von Wolkenstein an den Toten auf dem Pfad.

»Da soll bloß einer sagen, dieses Lebenssystem sei nicht aggressiv.« Er händigte Seiko Konao einen Teil seiner Konzentrate aus. »Ich hole sie heraus, du verteilst die Verpflegung.«

Sie nickte wortlos. Der Anblick der halb Verhungerten ging ihr wohl ebenso an den Nerv wie ihm.

Der Triebwerkstechniker schaltete den Antigrav ein und ließ sich in die Grube sinken. Er legte dem ersten die Arme um den Brustkorb und hob ihn aus dem vier Meter tiefen Loch. Neben der Terranerin bettete er ihn auf den Boden, und Seiko gab ihm den ersten Konzentratwürfel zu essen. Nach und nach befreite er alle bis auf einen. Dieser lag reglos auf dem Boden der Grube.

»Er ist tot«, erklärte der Arkonide. »WELT hat ihn zu sich geholt.«

»Wie geht das vor sich?«

»Schau ihn dir an.«

Ein letztes Mal sank Arno von Wolkenstein in die Grube und beugte sich über den Mann. Er drehte ihn ein Stück zur Seite, und da sah er es. Aus dem Boden ragte ein Netzwerk aus feinen und feinsten Wurzeln. Sie durchdrangen die Haut und die Kleidung des Toten und ließen den Körper aufquellen. Die bläuliche Färbung der Haut wies darauf hin, daß sich der Tote bereits im Zustand der Zersetzung befand.

»WELT läßt sich wirklich nichts entgehen«, meinte er sarkastisch. »Aber so ist das wohl in einem geschlossenen Kreislauf.«

Sie warteten, bis die zwölf Männer und Frauen einigermaßen zu Kräften kamen. Seiko Konao nutzte die Zeit und suchte die Zenossi auf. Diese rührten sich nicht. Die Terranerin betastete einen von ihnen und zuckte zurück.

»Arno!«

Alarmiert eilte der Olymper zu ihr.

»Da. Es sind Stränge in Pastellgrün. Sie verbinden den Unterleib der Zenossi mit dem Boden.«

Sie kauerten sich auf den Boden und warteten, bis sich die Fäden nach einiger Zeit aus dem Boden lösten und in den Körpern der Insektoiden verschwanden.

»Symbionten also. Die Zenossi sind Symbionten. WELT hat sie auf ihre Weise in das System integriert.«

Er zog Seiko zu der Grube zurück und deutete auf die Früchte. Weiße Fäden durchdrangen ihre Schale und tasteten suchend umher. Sie fanden den Toten und drangen in ihn ein. Arno rief die Geretteten zu sich und deutete hinab.

»Das wäre mit euch passiert, wenn wir euch nicht gefunden hätten. WELT hätte euch zu ihrem Leben gemacht.«

Die Zenossi am Waldrand erhoben sich und rückten näher.

»Vermutlich haben wir ihnen die Tour vermasselt«, sagte Seiko Konao. »Es ist besser, wir verschwinden hier.«

Sie gingen, so schnell die Befreiten es zuließen. Droben auf dem Hügelkamm machten sie halt.

»Wir kehren bald zurück«, machte von Wolkenstein dem Arkoniden begreiflich »Unsere Begleiter halten sich drunten im Dorf auf.«

»Wieso zieht ihr nicht endlich die Helme ab, damit wir die Gesichter unserer Retter sehen können?« fragte der Albino.

»Befehl der Kommandantin. Fertig, aus.«

Sie stiegen hinab und fanden das Pflanzen-Iglu verlassen. Haiganaiga Naigahaiga saß davor.

»Wo sind sie hingegangen?« fragte der Olymper.

»Standen auf und rannten weg. So war das.«

Sie glaubten ihm nicht. Aber so sehr sie die Iglus und die Umgebung des Dorfes absuchten, sie fanden weder eine Spur noch eine Nachricht. Von Wolkenstein rief über Funk nach den beiden, aber sie reagierten nicht.

»Zur Hölle nochmal«, fluchte er. »Sie können sich doch nicht einfach in Luft aufgelöst haben.«

»Vielleicht doch. Wer kann das schon sagen.«

Mit ziemlich weichen Knien kehrten sie zu den Geretteten zurück.

6.

Zwei Tage und Nächte terranischer Standardzeit durchkämmten sie das Gelände. Sie fanden keinen Hinweis, und so blieb nur die vage Hoffnung, daß Madelaine Dorane und Jellim a Cornu aus irgendeinem Grund in die HEWANORRA zurückgekehrt waren und von dort Hilfe anforderten. Vielleicht hatte Haiganaiga Naigahaiga die Nachricht an die Zurückgebliebenen einfach unterschlagen oder vergessen.

Oder die Zenossi hatten die beiden gezwungen, von den Früchten zu essen. Dann steckten sie jetzt irgendwo im Boden und bildeten ein neues Glied in der langen Kette der Symbiose. WELT hatte sie zu sich geholt.

Alles in Arno von Wolkenstein wehrte sich dagegen zu glauben, daß Madelaine Dorane und Jellim a Cornu den Tod gefunden hatten.

Was aber dann?

Je länger sie suchten, desto deutlicher begriffen sie, daß es Dinge in dieser Welt gab, die sie nicht verstanden und vielleicht auch nicht verstehen konnten. Flüchtig dachte der Triebwerksingenieur an die Existenz einer Überlappungsfront der Dimensionen, wie sie durch Experimente mit dem Hyperkon entstehen konnte.

»Sie sind draußen«, bekräftigte der Olymper. »Irgend jemand macht sich am Schiff zu schaffen, und sie sehen nach dem Rechten. Da sich das Felsgestein des Asteroiden zwischen uns befindet, können wir uns nicht mit ihnen in Verbindung setzen.«

Es war ein schwacher Trost, aber er wirkte. Sie setzten ihre Wanderung durch das noch immer faszinierende Lebenssystem fort. Seiko fand einige Büsche, auf denen die eßbaren Früchte wuchsen, mit denen die Zenossi ihre Gefangenen füttern wollten. Die ausgemergelten Gestalten von der AUTUN DE HARRAS widerstanden nur mühsam dem Verlangen, sie zu ernten und zu verzehren.

Auf einer unbewachsenen Kuppe schlugen sie ihr nächstes Lager auf. Die Befreiten konnten nicht mehr und verlangten nach Ruhe und Schlaf.

Die Terranerin und der Olymper setzten sich nebeneinander auf den Boden und betrachteten das weite Land mit dem gekrümmten Horizont. Unter ihnen in der Ebene schossen sich die Pflanzen gegenseitig kleine Bolzen zu. Wie Raketen stiegen sie in die Luft, fanden sicher ihr Ziel und gingen an winzigen Fallschirmen nieder. Sie verfingen sich in den Blütenbereichen der Büsche und Bäume. Dort, wo sie eintrafen, starteten nach drei, vier Minuten Bolzen zu anderen Gewächsen; der Reigen setzte sich in allen Richtungen fort. Von Wolkenstein rechnete zurück und kam zu dem Schluß, daß der Ausgangspunkt der Vorstellung irgendwo drüben beim Tal liegen mußte, wo die Zenossi hausten.

»Eine äußerst wirkungsvolle Art der gegenseitigen Befruchtung«, sagte Seiko Konao. »Was meinst du?«

»Es sieht so aus. Laß uns abwarten, bis die Bolzen das Areal um die Kuppe erreichen.«

Es dauerte eine halbe Stunde, dann stiegen die beiden von der HEWANORRA Schulter an Schulter hinab und sahen sich das Ganze an. Die Bolzen schwebten an ihren halb durchsichtigen Schirmchen herab und landeten zielsicher in den Kränzen und Kelchen der Nachbargewächse. Aus den Blüten tasteten Hunderte oder Tausende winziger Härchen nach dem Bolzen, drangen ein Stück in ihn ein und nahmen das auf, was er enthielt.

Dann geschah das Unglaubliche: Die Härchen zogen sich zurück, und ein schleuderartiger Mechanismus beförderte die Bolzen hinaus in die Luft, um sie mit immer derselben Treffsicherheit an ihr nächstes Ziel zu befördern.

Seiko Konao angelte sich einen der Bolzen, bevor er startete, und steckte ihn in ihre Box. Es stellte sich heraus, daß es in seinem Innern eine Unzahl von Duftkammern gab, jede mit unterschiedlichem Gasdruck. Mehr war da nicht.

»Für eine Befruchtung reicht das kaum aus«, revidierte sie ihre Meinung. »Wir legen noch immer viel zu menschliche Maßstäbe an.«

»Außerdem wäre der Inhalt der Bolzen irgendwann erschöpft, wenn es sich um einen Mechanismus zur Befruchtung handeln würde«, fügte Arno von Wolkenstein hinzu. »Aber was ist es dann? Eine Art Nachrichtenübermittlung? Tasten die Pflanzen den Bolzen ab und entnehmen dem System der Kammern ganz bestimmte Informationen? Etwa, daß die Störenfriede ausgerissen sind? Dann käme es hin, daß die Bolzenschießerei ihren Ausgangspunkt bei den Zenossi genommen hat. Jetzt informieren sie den gesamten Organismus und lösen damit unter Garantie Reaktionen aus. Wir sollten uns noch mehr vorsehen als bisher.«

Sie kehrten auf die Kuppe zurück und erlebten gerade noch den Abgang von zwei Besatzungsmitgliedern der AUTUN DE HARRAS. Vergeblich hatten die anderen sie daran hindern wollen, ihren übermächtigen Hunger zu stillen und auf die Verteilung weiterer Konzentrate zu warten. Sie hatten sich dem widersetzt und wanden sich jetzt am Boden. Fäden drangen aus ihren Körpern, schnürten sie regelrecht am Untergrund fest. Und sie begannen langsam einzusinken, während sich um ihre Körper eine Blutspur bildete, genau dort, wo sie den Boden berührten.

So war es auch bei dem Toten auf dem Pfad gewesen.

Schweigend verteilten sie Konzentrate. Die auf Wochen berechneten Überlebensrationen schwanden dahin, und am Schluß blieben gerade noch sechs Würfel für sie selbst übrig.

»Wir machen uns auf den Weg zurück zum Eingang«, entschieden sie nach kurzer Beratung. »Ruht euch drei Stunden aus. Dann marschieren wir los.«

Nur der Akonide hielt sich daran. Die anderen verschwanden nach und nach, und als der Albino nach Ablauf der Frist aufstand, sagte er: »Sie haben es nicht anders gewollt. Irgend etwas hat ihre Sinne verwirrt. Sie wissen nicht mehr, was sie tun.«

»Wir brechen auf«, sagte der Olymper. »Sehen wir zu, daß wenigstens wir heil hier herauskommen.«

Sie wandten sich in Richtung des Lamellentores. Luftlinie befanden sie sich ungefähr sechzig Kilometer von ihm entfernt. Keine große Entfernung, von Wolkenstein beschloß, sie mit Hilfe des Antigravs zurückzulegen, sobald der Arkonide müde wurde.

Doch es kam nicht dazu. Nach zwei Stunden, sie befanden sich in etwa auf der Höhe des Tals, nur viel weiter im Osten (ihr Koordinatensystem bezog sich auf das Lamellentor, das sie als Norden interpretierten). Plötzlich schrie der Arkonide, dessen Namen sie nicht einmal kannten, laut auf und warf sich ins nächste Gebüsch. Ein Knirschen und Prasseln drang an ihre Ohren, dann herrschte Stille.

Todesstille.

»Möge er in Frieden ruhen«, flüsterte Seiko. »Laß uns nachsehen, was passiert ist.«

»Nein. Oder wenn, dann nur ganz vorsichtig.«

Sie umrundeten das Buschwerk und suchten nach Spuren. Das Knarren eines sich schließenden Baumstammes und Blut, das am Stamm herunterrann, belehrte sie, was mit dem Arkoniden geschehen war.

Fluchtartig suchten sie einen freien Platz auf. Seikos Atem rasselte.

»Er ist hingerannt, als habe ihm jemand einen Befehl dazu gegeben. Es ist unfaßbar.«

»Möglicherweise sind es nicht nur die Fäden, die uns bedrohen. Die Körper der Männer und Frauen wirkten stark abgemagert, regelrecht schwindsüchtig. Warum? So sieht man nicht aus, wenn man drei, vier Tage nichts gegessen hat. Da muß noch etwas sein.«

»Die Luft?« fragte sie.

»Möglich. Wir werden es irgendwann herausfinden.«

Sie legten die Helme aneinander und sahen sich tief in die Augen.

»Wollen wir fliegen?« fragte von Wolkenstein.

Sie nickte heftig.

»Gut. Dann los. Nein, warte, ich will mich erst noch kurz zurückziehen.«

Sie nahm es kommentarlos zur Kenntnis. Es gehörte zur

Routine, die Notdurft im eigenen Anzug zu verrichten, wo sie wiederaufbereitet wurde. Daß dabei andere zusahen, das verursachte manchem empfindsamen Menschen Störungen bei der Verrichtung. Also übte sich Seiko in Geduld.

Aber sie wartete vergeblich.

Dreimal umrundete sie den Platz, zu dem sich Arno von Wolkenstein zurückgezogen hatte. Sie entdeckte keinen Hinweis darauf, daß es den Triebwerksingenieur jemals gegeben hatte.

»Arno?« fragte sie. »Verdammt, wenn du dir einen makabren Scherz mit mir erlaubst, dann soll dich der Teufel holen. He, komm! Schalt deinen Deflektor wieder ab.«

Nach der vierten Umrundung begann sie zu verzweifeln. Sie schaltete den Helmscheinwerfer an und leuchtete die Umgebung ab. Der Strahl wanderte über die bizarren Äste und Zweige des Buschwerks, verstärkte die allgemein vorhandene Helligkeit der Pflanzen um mindestens vierzig Prozent und tat ihr regelrecht in den Augen weh.

Die Pflanzen reagierten auf das grelle Licht. Sie bogen sich zurück und versuchten, dem Strahl auszuweichen.

Seiko blieb unerbittlich. Sie ließ keine Stelle aus. Mit zusammengekniffenen Augen stand sie da und suchte nach Spuren. Irgendwann sah sie ein, daß es keinen Zweck hatte.

»Arno?« rief sie wiederholt.

Alles blieb still. Niemand antwortete ihr.

Ratlos und mit hängenden Schultern stand die Terranerin da. Sie starrte den Boden an und verfluchte den Tag, an dem sie sich zu dem Testflug mit der HEWANORRA gemeldet hatte. Auf Terra gab es schönere Jobs, die mehr Galax einbrachten und nicht so gefährlich waren.

Aber so war das eben. Die Hanse hatte hochqualifizierte Wissenschaftler gesucht, die keine Familie hatten und nicht durch Eheverträge oder sonstwie gebunden waren.

Die neue Aufgabe und das Risiko hatten sie gereizt. Sofort nach dem ersten Gespräch unter vier Augen mit Homer G. Adams hatte sie zugesagt.

»Es handelt sich um einen Geheimauftrag. Du wirst nie mit jemandem darüber sprechen.«

»Diskretion ist in einem solchen Fall selbstverständlich«, hatte sie geantwortet. »Außerdem kenne ich die Möglichkeiten, einen Teil der Erinnerungen einfach zu tilgen.«

»Mit solchen Methoden arbeitet die Kosmische Hanse grundsätzlich nicht. Du unterschreibst einen entsprechenden Vertrag. Das ist alles.« Der kleine Mann mit dem schütteren Haar erhob sich und reichte ihr die Hand. »Danke, daß du mitmachen willst, Seiko Konao.«

Also war sie aus ihrer Beschaulichkeit ausgebrochen und hatte sich der fliegenden Bombe anvertraut, wie sie die HEWANORRA bei sich nannte. Waringer persönlich hatte sie eingewiesen, vor wenigen Wochen erst.

Und jetzt stand sie hier und hielt nach einem verschwundenen Kollegen Ausschau, der vermutlich ähnlich wie sie zu diesem Job gekommen war. Weil die Hyperinpotronik auf dem Erdmond ihn unter vielen tausend möglichen Kandidaten als geeignet ermittelt hatte.

»NATHAN, du Scheißkerl«, murmelte Seiko. »Was mache ich jetzt?«

Mühsam fand sie sich mit der Tatsache ab, daß Arno von Wolkenstein sich keinen Spaß mit ihr erlaubte. Er war weg, spurlos verschwunden. Es gab keine Brandspuren, kein Blut, keine Kratzer und keine Hinweise auf Hitzeentwicklung. Daß nicht einmal das Infrarotmeter etwas anzeigte, verwirrte die Septadimtechnikerin am meisten. Es war, als habe der Olymper in seinem Schutzanzug nie existiert.

»Falls du mich hörst«, sagte sie, »ich empfange noch immer keine Antwort von dir. Ich entferne mich jetzt von diesem Ort, werde aber zurückkehren, sobald sich eine Gelegenheit oder Notwendigkeit ergibt. Übrigens glaube ich nicht daran, daß die beiden anderen den Asteroiden verlassen haben und ins Schiff zurückgekehrt sind. Es ist ihnen ebenso ergangen wie dir. Und damit ich nicht auch dieses Schicksal erleide, werde ich mich entsprechend vorsehen.«

Sie verließ den Platz und folgte einer breiten Schneise zu einem weitläufigen Areal. Hier gab es nur niedrigen Bodenbewuchs, kein Gebüsch. Das Gras stand ziemlich hoch, und sie sank mit den Stiefeln fast zehn Zentimeter ein. Aufmerksam beobachtete sie die Vegetation, doch es ereignete sich nichts, was ihren Argwohn geweckt hätte.

Daß sie mit dem Funkgerät keinen der drei erreichte, konnte nur mit dem Teufel zugehen. Kaputt war es nicht. Vielleicht...

Sie zuckte zusammen. Wieso war das bisher keinem von ihnen in den Sinn gekommen? Hastig schnallte sie den schmalen Rückentornister ab und begann darin zu kramen. Endlich fand sie das zur Ausrüstung gehörende, tragbare Funkgerät. Sie prüfte es auf seine Funktionstüchtigkeit, dann schloß sie den Tornister und schulterte ihn wieder. Sie trug das Funkgerät einen halben Kilometer weit, setzte es zwischen ein paar Büschen ab, sprach etwas in den Speicher und stellte die Sende-Automatik auf fünf Minuten. Dann rannte sie davon, brachte ein Waldstück zwischen sich und das Gerät und wartete.

Die fünf Minuten verstrichen. Sechs und sieben wurden daraus. Noch immer empfing sie nichts, obwohl sie im

Freien stand und die Lufthülle keine Gase enthielt, die sich nachteilig auf die Ausbreitung von Funkwellen ausgewirkt hätten.

Sie kehrte zu dem Gerät zurück. Es zeigte an, daß es die Botschaft pünktlich abgestrahlt hatte.

Seiko Konao machte einen zweiten Versuch. Sie suchte sich eine baumlose Ebene, setzte das Gerät auf eine unbewachsene Erhebung, stellte es auf Dauersendung und entfernte sich. Zunächst empfing sie ihre eigene Botschaft klar und deutlich. Dann jedoch geriet Buschwerk zwischen sie und den Sender und die Stimme verzerrte sich, sank zu einem Flüstern herab und erstarb schließlich ganz.

Sie wiederholte das Experiment und stellte den Sender in hohes Gras. Hier gab es bereits in zwei Metern Entfernung keinen Empfang mehr.

»Der Kristallanteil der Pflanzen ist schuld«, erkannte die Terranerin. »Er verschluckt die Funkwellen.«

Auf Arnos Verschwinden bezogen, bedeutete das, daß er sich in ihrer unmittelbaren Nähe aufhalten konnte, ohne daß sie etwas davon merkte.

Sie holte das Gerät und hängte es an ihren Gürtel. So schnell es ging, kehrte sie zu dem Platz zurück, an dem sie den Olymper aus den Augen verloren hatte. Diesmal ging sie gezielter vor: Sie benutzte den winzigen Zugstrahlprojektor ihres Einsatzanzugs dazu, Äste und Zweige auseinanderzudrücken und mehr Licht in das Gewirr des Buschwerks zu bringen. Das Funkgerät sendete ununterbrochen eine Botschaft. Irgendwann mußte eine Antwort eintreffen, falls der Triebwerksingenieur da drinnen steckte.

Nach einer Dreiviertelstunde gab sie es auf und nahm den vorletzten Konzentratwürfel zu sich. Sie saß im Gras und starrte in den Himmel von WELT hinein. Dort oben gab es keine hemmenden Pflanzen. Von dort vermochte sie die freien Bereiche der Bodens zu erreichen.

Entschlossen machte sie sich an die Verwirklichung ihres Gedankens. In dem Augenblick, als unter ihr der Boden wegsank, hob sie mit Hilfe des Antigravs ab und schwebte in den Himmel der Hohlwelt hinein. Daß WELT sie gerade hatte verschlingen wollen, bemerkte sie nicht.

Aus der Luft sah das Lebenssystem im Innern des Asteroiden friedlich und unberührt aus. Die Pflanzen-Iglus der Zenossi in ihrem Tal unterschieden sich farblich nicht von ihrer Umgebung. Aber winzige, goldbraune Punkte bewegten sich: Zenossi, die ihrer Beschäftigung als Gärtner nachgingen.

»Berechne den mathematischen Mittelpunkt der Hohlwelt«, wies Seiko Konao die Automatik ihres Schutzanzugs an. »Und fliege mich dorthin.«

Der Antigrav hob sie höher in die Luft und transportierte sie zu dem gewünschten Ort. Von hier oben ließ sich nicht viel erkennen. Die vielen Pastellfarben und das ockergelbe Licht, das von allen Pflanzen abgestrahlt wurde, lieferte einen verwaschenen Eindruck des Lebenssystems, fast so, als sei die Betrachterin kurzsichtig oder halb erblindet.

Sie schaltete beide Funkgeräte ein und bestrahlte die gesamte Oberfläche des Hohlraums gleichmäßig mit ihrer Botschaft.

»Seiko Konao an alle. Wer immer mich hört und über ein Funkgerät verfügt, der antworte mir.«

Sekunden später meldete die Automatik das Eintreffen eines Ortungsimpulses. Fast gleichzeitig klang eine Stimme im Helmempfänger auf.

»Wir hören dich«, vernahm sie Madelaine Dorane. »Und

wir können dich sogar ein wenig sehen. Kommst du runter?«

»Ja, natürlich.« Seikos Stimme überschlug sich. »Schickst du mir einen Peilstrahl?«

»Ist unterwegs.«

Sie sank dem Boden entgegen und setzte wenig später keine zehn Meter von den beiden entfernt auf. Die Hanse-Spezialistin und der Hyperphysiker eilten auf sie zu.

»Wie geht es dir? Wo steckt Arno?«

»Er ist spurlos verschwunden.« Hastig berichtete sie, was vorgefallen war. Die Kommandantin schüttelte mehrfach den Kopf.

»Wenn ich es nicht besser wüßte, würde ich sagen, daß es hier nicht mit rechten Dingen zugeht. Uns lockten die Zenossi aus dem Tal, um uns die Geheimnisse ihrer Pflegetätigkeit zu zeigen und unser Verständnis für das Lebenssystem von WELT zu wecken. Irgendwann merkten wir, daß sie etwas im Schilde führten. Dann haben wir uns abgesetzt. Beinahe hätten wir uns verloren. Die Funkwellen unserer Geräte werden verschluckt.«

»Vielleicht sollten wir doch die Helme öffnen. Dann könnten wir uns einfacher verständigen«, schlug Jellim a Cornu vor.

»Kommt nicht in Frage«, entschied die Hanse-Spezialistin. »Meine Anordnung gilt nach wie vor. Die Helme bleiben geschlossen. Allerdings verfügen unsere Anzüge über Außenlautsprecher und Verstärker. Diese können wir ja einsetzen, wenn der Helmfunk wieder mal nichts nützt.«

Madelaine Dorane musterte die Terranerin. »Mit dir ist alles in Ordnung, ja?«

»Natürlich. Und ich plädiere dafür, den Asteroiden zu verlassen und mit Verstärkung zurückzukehren. Arno ist vermutlich nicht mehr zu helfen.«

Die Automaten der drei Schutzanzüge gaben Alarm.

»Starker Sporenbefall in der Lufthülle über uns«, meldeten sie. »Es handelt sich um eine Erscheinung, die die Form einer Wolke hat und auf die nähere Umgebung begrenzt ist.«

»Dieses verdammte Lebenssystem«, stieß Seiko Konao hervor. »Erst reißt es Arno an sich. Und jetzt versucht es, uns mit Sporen zu verseuchen. Was für ein Glück, daß wir autarke Versorgungssysteme besitzen.«

»Allerdings. Trotzdem, ich gebe Arno von Wolkenstein nicht verloren.« Die Kommandantin der HEWANORRA setzte sich in Bewegung. »Zeig uns, wo es war.«

7.

Der Olymper spürte die plötzliche Schwerelosigkeit und reagierte. Mit einem raschen Griff an den Gürtel schaltete er den Schutzschirmprojektor ein. Gleichzeitig fiel er in die Tiefe, streifte armdicke Wurzeln oder etwas, was aussah wie dicke Kabelstränge. Er wartete auf den Aufprall, doch es dauerte fast zehn Sekunden, bis sein Sturz im dichten Gewirr des unterirdischen Pflanzenwuchses endete. Dort, wo die Vegetation mit dem Schirmfeld in Berührung kam, glühte sie auf und zerfiel zu dunkler Asche.

Hastig aktivierte Arno von Wolkenstein das Antigravsystem und schwebte ein Stück in die Höhe. Aus allen Richtungen zuckten ihm Unmengen weißer Fäden entgegen. Sie versuchten ihn zu erreichen. Irgendwann sahen sie die Sinnlosigkeit ihrer Bemühungen ein und verschwanden dorthin, wo sie hergekommen waren.

Sie wollen dich in das Lebenssystem integrieren, erkannte

er. *Dazu ist ihnen jedes Mittel recht. WELT duldet keine Störenfriede.*

Herauszufinden, warum dies so war, erschien ihm eine durchaus lohnenswerte Aufgabe. Ob er sie unter den gegebenen Bedingungen bewältigen konnte, zweifelte er jedoch an.

Aufmerksam blickte er sich um. Hier unter der Oberfläche schillerte das Lebenssystem in allen möglichen Farben, in kräftigen und zarten. Das, was er als Stränge ansah, stellten dicke Wurzelfasern dar. Sie reichten bis in eine Tiefe von etwa zehn Metern und endeten dort. Darunter befand sich Felsgestein mit feinem Härchengras-Bewuchs.

Der Triebwerksingenieur versuchte, die Methode zu erkennen, nach der hier unten alles funktionierte. Wie an der Oberfläche auch verströmte die Vegetation dunkelgelbes Licht. Einzelheiten verschwammen, sobald sie sich ein paar Meter entfernt befanden. Von Wolkenstein störte es nicht. Er widmete seine Aufmerksamkeit den dicksten Strängen. Unter ihrer hellgrauen Oberfläche pulsierte es. Für einen Augenblick schaltete er den Schirm ab und umfaßte einen davon mit der Faust. Deutlich spürte er die fließende Bewegung im Innern. Der Strang zuckte vor ihm zurück, und fast gleichzeitig tauchten die weißen Fäden wieder auf. Erneut warf er sie mit dem Schirmfeld zurück, das einzige, was ihm zur Abwehr des Lebenssystems angemessen erschien.

Von seinem Standort aus floß der Lebenssaft nach rechts, einem fernen Ziel zu.

Er folgte dieser Richtung und hielt sich in der Nähe des Stranges, der ihn auf unbegreifliche Weise faszinierte. Die Vegetation wich vor ihm zurück. Es erfolgte kein stumpfsinniger Angriff auf den Schirm. Die Vegetation achtete im Gegenteil peinlich darauf, daß der schwebende Fremdkörper genügend Raum zur Fortbewegung erhielt. Der gesamte Untergrund erwies sich als flexibel und biegsam. Es gab keinen Humus, der das pulsierende Wurzelwerk umschloß. Es bildete selbst einen dichten und stabilen Untergrund mit der Fähigkeit, diesen Zustand bei Gefahr sofort aufzugeben.

Zweihundert Meter ungefähr legte er auf diese Weise zurück. Immer wieder entdeckte er die weißen Fäden. Sie entschlüpften kleinen, dünnen Strängen und belauerten ihn überall. Er war sicher, daß ein Schutzanzug für sie kein Problem darstellte. Sie warteten auf den Augenblick in dem er sich eine Blöße gab.

WELT war in seiner Existenzart mit Sicherheit ebenso unerbittlich wie jedes andere System oder wie der Mensch bei dem Versuch, sich die Erde untertan zu machen.

»Von Wolkenstein an alle«, versuchte er, sich bemerkbar zu machen. Als der Normalfunk nicht ansprach, probierte er es mit dem Hyperfunkkanal. Aber auch hier blieb alles still.

Lediglich die Vegetation reagierte auf die Ausstrahlung fünfdimensionaler Impulse. Dort, wo die Hyperfunkwellen nach oben liefen, bildete sich im dichten Geflecht vorübergehend ein Kamin.

»Da soll mal einer sagen, das seien alles motorische Reaktionen ohne Plan und Überlegung«, flüsterte der Olymper. »Ich komme dir auf die Schliche, WELT.«

Seine Hand schlug gegen den Gürtel und hielt die Vorwärtsbewegung des Antigravs an. Fassungslos starrte er auf das, was sich nur wenige Meter von ihm entfernt abspielte.

Drei Körper waren es, menschliche Körper. Sie ruhten mitten im Wurzelwerk und bildeten einen Teil von ihm. Ein Teil der Schutzanzüge fehlte bereits. Dünne und dicke Stränge führten in die Körper, und dort, wo sich beim

Menschen das Gesicht befand, wucherten dicke Bündel dieser weißen Fäden. Es sah aus, als seien die Körper über viele tausend Kabel unterschiedlicher Stärke mit dem Lebenssystem verbunden wie mit einem Computer.

Arno von Wolkenstein schloß die Augen. Es handelte sich ohne Zweifel um Besatzungsmitglieder der AUTUN DE HARRAS. Die Zenossi hatten die Wahrheit gesagt: WELT hatte die Fremden in das Lebenssystem integriert. WELT hatte sie nicht gefragt. Und offensichtlich gab es nur zwei Möglichkeiten: die freiwillige Integration wie bei den Zenossi oder die gezwungene wie bei den Männern und Frauen des Kugelraumers. Sie mußten Fehler auf Fehler gemacht haben, sonst wäre wenigstens einem Teil von ihnen dieses Schicksal erspart geblieben.

»Keine Bange, Arno« beruhigte er sich selbst. »Du bist nicht in Gefahr.«

Er machte die Augen wieder auf und warf einen letzten Blick auf die Toten, deren Körper das System künstlich am Leben erhielt. Er umging den Ort des Grauens und suchte dann die ursprüngliche Richtung auf.

Über zwei Stunden bewegte er sich auf diese Weise vorwärts. Bleierne Müdigkeit überkam ihn, und er erhöhte den Sauerstoffgehalt seiner Atemluft. Es schärfte seine Sinne und ließ ihn erkennen, daß er sich einem Hohlraum näherte. Die unterirdischen Teile der Vegetation bildeten eine Kaverne, und in ihr führten Tausende und aber Tausende von Strängen zusammen und bildeten eine Verdickung. Sie maß im Durchmesser etwa dreißig Meter und lag unmittelbar auf dem Felsengrund auf. Die Verdickung pulsierte heftig, und sie schillerte in allen erdenklichen Farben.

Es war wie im Versorgungssystem einer Großstadt. Energieleitungen und Abwasserkanäle fanden sich zu einem einzigen Netz zusammen.

Arno von Wolkenstein begann in das Aufzeichnungsgerät zu sprechen. Gleichzeitig umrundete er den Knotenpunkt und entdeckte den halb transparenten Hauptstrang. Die Wurzel besaß einen Durchmesser von mindestens zwei Metern. In ihre flossen deutlich sichtbar zwei Ströme aus einer gelblichen und einer grünlichen Flüssigkeit.

»Es gibt eine Koordinationszentrale oder viele«, diktierte er. »Ich folge dem Hauptstrang, sobald ich seine Position relativ zur Oberfläche festgestellt habe.«

Er schwebte nach oben. Die Vegetation machte ihm bereitwillig Platz. Sie ließ ihn entkommen, da sie keine Möglichkeit besaß, ihn zu integrieren. Langsam durchstieß er die Grasnarbe und stand Augenblicke später auf sicherem Untergrund. Nichts deutete darauf hin, daß es hier einen Weg in die Tiefe gab.

Der Olymper orientierte sich, dann schwebte er davon und suchte jenen Platz, wo er eigentlich sein Geschäft verrichten wollte. Inzwischen war es ihm vergangen.

»Hört ihr mich?« fragte er. »Seiko, Madelaine, Jellim, wo seid ihr?«

Die Terranerin befand sich nicht mehr in der Nähe, und auch die beiden anderen meldeten sich nicht. Es war wie verhext.

Seufzend machte sich der Olymper auf die Suche. Dicht über der Oberfläche flog er dahin; er ließ keine Lichtung und keine baumlose Steppe aus. So sehr er seine Augen und die Taster seines Anzugs auch anstrengte, es brachte nichts.

»Am besten, ich kehre zum Schiff zurück«, sagte er sich. »Wahrscheinlich haben sie mich gesucht und halten mich für tot. Sollte ich den Abflug der HEWANORRA nicht verpassen wollen, dann wird es Zeit, daß ich mich spute.«

Daß er es dann doch nicht tat, lag in seiner Einschätzung der Hanse-Spezialistin. Ihr Pflichtbewußtsein ließ es nicht zu, einfach aufzugeben, ohne über sein Schicksal Gewißheit zu haben.

»Bestimmt ist sie zur HEWANORRA geflogen, um Adams zu verständigen. Oder es sind bereits Schiffe der Hanse aufgetaucht, und sie hat eine Nachricht von ihnen aufgefangen.«

Eine Weile noch hielt er sich in nördlicher Richtung. Dann bog er nach Westen ab, überflog die Koordinaten des Knotenpunktes, folgte der Richtung des Hauptstranges und legte gut dreihundert Kilometer zurück, ehe er anhielt. Eine Weile hing er reglos über dem Boden, dann ließ er sich absinken und schaltete den Schirm aus.

»Ich wage es. Es ist einen zweiten Versuch wert.«

Er achtete darauf, daß er sich weit genug von allen Büschen und Bäumen entfernt aufhielt. Er senkte den Kopf und schaute nach unten auf den makellos sauberen Grasboden in hellem Pastellgrün mit grauen und blauen Streifen.

»Laß mich nicht zu lange warten«, murmelte er und mußte lachen. Ganz bestimmt vermochte WELT nicht, seine Worte zu verstehen.

Der Vorgang kündigte sich als leichtes Vibrieren unter den Sohlen an. Die Vegetation unter ihm arbeitete. Sie formierte sich, wohl weil sie spürte, daß er ein willkommenes Opfer darstellte.

Ein Opfer für WELT. Oder einfach Zuwachs?

Ein verrückter Gedanke kam ihm. Was war, wenn das Lebenssystem nur darauf lauerte, daß Intelligenzwesen wie er den Asteroiden fanden? Um sie zu integrieren und dadurch eine Intelligenzsteigerung des Systems zu erreichen?

Im Bruchteil einer Sekunde riß der Boden unter ihm

entzwei, schossen ihm unzählige weiße Fäden entgegen. Sein Schirm leuchtete auf, verbrannte einen Teil von ihnen und warf die anderen zur Seite.

Diesmal glitt Arno von Wolkenstein langsam und majestätisch in die Tiefe. Nicht wie ein Fremdkörper, sondern wie ein Wesen, das sich auskannte und hier zu Hause war.

In den Strängen bewegte sich nicht nur der Saft, der das System am Leben hielt. Der Vorgang mit den Bolzen hatte zudem gezeigt, daß WELT Möglichkeiten besaß, Informationen zu transportieren. Irgendein Mechanismus programmierte die Bolzen. Der Informationsfluß durfte nicht stocken, denn das hätte unweigerlich zu einer Schwächung des Lebenssystems geführt.

Je mehr Arno von Wolkenstein sich mit dem Gedanken befaßte, desto stärker glaubte er daran, daß es sich um eine gigantische Vernetzung handelte, ähnlich der in einem Computer mit Millionen von Anschlüssen.

Der Beweis dafür mußte irgendwo zu finden sein.

Arno von Wolkenstein nahm die Box von seiner Schulter, schaltete sie auf Automatikbetrieb um. Er schleuste sie durch den Schirm, und augenblicklich stürzten sich Scharen weißer Fäden aus allen Richtungen auf den Metallkasten. Dieser hing reglos vor dem Olymper. Die Fäden prallten an dem Metall ab und zogen sich ebenso schnell zurück, wie sie gekommen waren. Dabei verloren sie ihr gezieltes Verhalten und torkelten wie betrunken umher. Die Begegnung mit Metall stellte für sie etwas Fremdartiges dar, das sie wohl mangels Informationen nicht einzuordnen vermochten.

Von Wolkenstein steuerte die Box mit Hilfe der kleinen Inpotronik seines Schutzanzugs. Er ließ sie aufklappen. Ein winziger Greifer fuhr aus, eine Injektionsnadel bohrte sich in einen der Wurzelstränge und entnahm ihm ein wenig Flüssigkeit und etwas Gewebe. Der Strang zuckte zurück, aber die Box war schneller und heftete sich an ihn wie eine Klette. Nach zehn Sekunden beendete sie die Arbeit und kehrte in die Nähe des Schutzschirmes zurück. Die Automatik begann mit den Tests sowie der Auswertung.

Entsprechend dem Schwierigkeitsgrad der Vorgaben benötigte sie dazu längere Zeit, und der Triebwerksingenieur folgte inzwischen der Fließrichtung des wichtigsten Stranges. Die Viertelstunde bis zum nächsten Knoten stellte für ihn kein Problem dar. Das Verhalten der Vegetation ihm gegenüber änderte sich nicht. Sie wich zurück und gab den Weg frei, sobald er sich mit seinem Energieschirm näherte.

Diesmal handelte es sich um eine Verdickung mit fünfzig Metern Durchmesser. Unzählige Stränge mündeten in ihr. Mitten aus dem riesigen Ding ragte ähnlich wie eine Pfahlwurzel der Hauptanschluß und zog sich durch das Gewirr der übrigen Stränge in südwestlicher Richtung.

Irgendwo mußte es eine Stelle geben, wo sich alle diese dicken Äste trafen.

Mittels einer Dreieckspeilung war es kein Problem, den Ort zu finden.

»Die Ergebnisse der Untersuchung liegen jetzt vor«, meldete der Automat. »Eine Aufzeichnung ist bereits im Hauptspeicher abgelegt. Willst du die Ergebnisse hören und sehen?«

»Natürlich.«

Der Automat projizierte einen Bildschirm auf die Innenseite der Helmscheibe.

»Die molekulare Struktur der Pflanzenteile weist keine nennenswerten Unterschiede zu dem auf, was du kennst. Lediglich in der Größe der Moleküle gibt es Abweichungen. Sie sind makrobiotisch, was auf einen umfangreichen Organismus oder Wucherungen schließen läßt.«

»Ich kennen den Unterschied. In diesem Fall dürfen wir kaum mit unkontrollierten Wucherungen rechnen.«

»Dies trifft den Wahrscheinlichkeitsgrad der Untersuchung. Zu über neunzig Prozent handelt es sich um einen im genetischen Kode verankerten Faktor, also um einen natürlichen Vorgang.«

Daß das Lebenssystem im Innern des Asteroiden auf natürliche Weise entstanden war, wußten sie längst. Es ging nur noch um das Wie – und darum, wie der Organismus einzuschätzen war, den die Zenossi als WELT bezeichneten.

»Die Säfte in den Strängen bestehen aus einer ausgewogenen Mischung verschiedener Säuren und Basen. Gleichzeitig enthalten sie Nährstoffe und Spuren von Gasen, die vermutlich in Reaktion mit einem Teil der Säuren zur Bildung der kristallinen Bestandteile beitragen. Die chemischen Reaktionen, die in den Säften ablaufen, betragen in etwa ein Hundertfaches dessen, was im pflanzlichen Bereich üblich ist. Chlorophyll-Reaktionen sind minimal vorhanden. Das System hat wohl nie Sonnenlicht verarbeitet. Es mußte sich sein Licht selbst erschaffen, um einen Teil der Pflanzen zumindest im Frühstadium der Entwicklung am Leben zu erhalten. Insgesamt wurden über sechzigtausend Reaktionsträger festgestellt. Das ist wenig im Vergleich etwa zur genetischen Struktur eines Menschen.«

»Natürlich. Allerdings steht die Untersuchung im atomaren und subatomaren Bereich noch aus.«

»Sie ist nur mit den Spezialgeräten in der HEWANORRA zu erledigen.«

»Ist mir bekannt.«

Sechzigtausend Reaktionsträger im Molekülbereich.

Dies bedeutete Millionen von Möglichkeiten, Informationen zu übermitteln. Immer deutlicher kristallisierte sich das Bild eines gigantischen Nachrichtenübertragungssystems heraus, das erstmals bei der Ankunft der Zenossi zur vollen Entfaltung gekommen sein mochte, in jüngster Zeit durch das Verhalten der Besatzung des Kugelraumers und durch die Ankunft der vier aus der HEWANORRA.

Arno von Wolkenstein ließ die Box sich selbst entleeren und desinfizieren. Erst als er sicher war, daß sie keine für ihn gefährlichen Substanzen mehr enthielt, schleuste er sie durch eine Strukturlücke wieder ein und befestigte sie an der Schulter. Ganz dicht trat er an den Informationsknoten heran, schob die Hand blitzschnell durch eine Strukturlücke ins Freie und berührte das Material. Gleich darauf zog er die Hand wieder zurück und machte das Feld dicht. Mit einem Sprühgel vernichtete er mögliche Mikroben oder Bakterien.

Die Verdickung bildete sofort ein Pseudopodium aus Pflanzenfasern. Es griff nach der Hand, faßte allerdings ins Leere. Das tentakelähnliche Gebilde geriet in die Nähe des Schirms und zuckte zurück.

»So werden wir wohl nie zu einem sinnvollen Informationsaustausch kommen«, sagte der Olymper und schüttelte tadelnd den Kopf.

Gleichzeitig erfüllte ihn ein seltenes Gefühl der Hochstimmung und Euphorie. Seine Müdigkeit war verflogen, und der hohe Sauerstoffgehalt tat das Seine dazu, diesen Zustand zu festigen.

Das Lebenssystem von WELT war offenbar nichts anderes als ein riesiger, organischer Computer, der sich seit Jahrmillionen selbst weiterentwickelte. Und er, Arno von Wolkenstein von Olymp, stand kurz davor, den Mechanismus zu entziffern.

Er stellte sich die Gesichter der drei Geführten vor, wenn er ihnen die Lösung präsentierte. Falls sie sich überhaupt noch in der Nähe befanden.

Er folgte dem Hauptstrang ein Stück und kehrte dann zur Oberfläche zurück. Diesmal verzichtete er auf Funksprüche, denn sie brachten ihn nicht weiter. Er wandte sich nach Südosten und suchte in zweihundert Kilometern Entfernung einen dritten Informationsknoten. Mit einer Dreieckspeilung bestimmte er den Ort, an dem sich das Hauptinformationszentrum von WELT befinden mußte.

Eine innere Stimme riet ihm, an dieser Stelle abzubrechen und den Kontakt zu den Gefährten aus der HEWANORRA herzustellen. Logik und Vernunft geboten dies, doch Arno von Wolkenstein setzte sich darüber hinweg. Die Faszination des Entdeckten überwog alle anderen Gefühle und setzte sich über jedes Bedenken hinweg. Ein klein wenig leitete ihn die Angst, ein anderer oder eine andere könne ihn gar um die Früchte der Entdeckung bringen.

Jellim a Cornu hatte den Eingang entdeckt und großspurig von einer Namensgebung à la *Jellim a Cornu Azalea* geplappert. Hier jedoch ging es um mehr. Wenn sich mit der Entdeckung dieser unbekannten Spielart der Evolution für immer der Name Arno von Wolkenstein verband, dann bedeutete dies nicht nur Ruhm und Ehre für ihn und die ganze Familie. Enkel und Nachfahren bis in die tausendste Generation würden davon profitieren.

DER ASTEROID WOLKENSTEIN KREIST AM NORDRAND DER MILCHSTRASSE UM DIE EINSAME SONNE DORANE UND BEHERBERGT EINE EINZIGARTIGE SPIELART DER EVOLUTION. ES HANDELT SICH UM EINEN AUF PFLANZLICHER BASIS STETIG WACHSEN-

DEN SUPERCOMPUTER. DAS LEBENSSYSTEM TRÄGT DEN NAMEN WOLKENSTEIN-FLORA.

Mit großer Sorgfalt kreiste er den Ort ein, unter dem er die vermutlich gigantische Zentrale wähnte. Es handelte sich um einen Hügel von übertrieben gleichmäßiger Form, fast wie eine Kuppel aus Kunststoff, auf die man ein paar Büsche und Bäume geklebt hatte.

Am Rand des Hügels drang Arno von Wolkenstein auf bewährte Weise in den Untergrund ein. Er schaltete den Schirm ab und wartete, bis die Vegetation ihn verschlang. Der wieder aufflammende Schutz verhinderte, daß er in die Gewalt der weißen Fäden geriet, die überall existierten.

Diesmal sank er deutlich weiter in die Tiefe als zuvor. Kurz vor der Fünfzig-Meter-Marke machte er halt. Die Vegetation um ihn herum vibrierte, und das Außenmikrofon seines Helms übertrug ein für menschliche Ohren nur schwer wahrnehmbares Summen.

Der Olymper konnte es kaum mehr erwarten. Nur wenige Meter noch, und er würde vor dem eigentlichen Geheimnis an dem Ort stehen, wo alle Hauptstränge der Informationsknoten zusammenliefen.

Obwohl er sich hinter dem Schirmfeld verbarg, machte ihm die Vegetation hier unten nicht so bereitwillig Platz wie anderswo. Sie zauderte, nahm allerdings keine Verkohlung durch Kollisionen in kauf. Dort, wo er hin wollte, öffnete sie sich nicht, sondern lenkte ihn nach links hinüber, weg vom eigentlichen Ziel.

Arno von Wolkenstein ließ es geschehen. Er folgte der dargebotenen Öffnung, hielt aber nach zwanzig Metern an und schwebte waagrecht weiter. Er beschrieb einen Bogen und schlug seine ursprüngliche Richtung wieder ein. Nachdem er dies fünfmal praktiziert hatte, ließ ihn die Vegetation endlich durch.

Der Triebwerksingenieur aus der HEWANORRA atmete auf. Halb schon hatte er gewonnen. Es konnte nicht mehr weit sein. Irgendwo dort vorn, fast zum Greifen nahe ...

Das Summen und die Vibration nahmen spürbar zu. Es erinnerte von Wolkenstein an die Geräuschkulisse in einem der Hyperenergie-Umwandler auf Olymp.

»Es darf nicht sein«, kam es ihm über die Lippen. Im Zentrum von WELT eine Maschine vorzufinden, hätte ihn aller Illusionen beraubt und ihm den Glauben an die Schöpfung genommen.

Er verlangsamte die Geschwindigkeit und trieb fast in Zeitlupe zwischen den Strängen hindurch. Sie begannen zu schwingen und versuchten, ihn erneut von seinem Ziel abzubringen. Diesmal stellte er sich stur und verweigerte jede Geste der Harmlosigkeit.

Ein graublauer, durchsichtiger Vorhang versperrte ihm den Weg. Er hielt an und versuchte, das Gebilde durch rasche Bewegungen mit den Armen zu vertreiben. Schließlich gab er es auf und beschleunigte. Das Schirmfeld berührte den Vorhang und löste ihn auf. An seinen Rändern bildeten sich Tropfen, die rasch erstarrten. Er durchquerte ihn und stellte fest, daß er sich hinter ihm hastig wieder schloß. Augenblicklich verschwand auch das Summen und Vibrieren. Stille breitete sich aus.

Arno von Wolkenstein blickte nach vorn, dann stieß er einen heiseren Schrei aus. Er befand sich in einer riesigen Höhlung. Der Boden fiel schräg nach unten in eine kraterähnliche Vertiefung ab. Darüber wölbten sich ein Dom aus Pflanzen, ein ineinander verschlungenes Geflecht aller in dem Lebenssystem vorkommenden Pflanzenarten. Das Gewölbe besaß einen Durchmesser von gut einem halben Kilometer, und der Hügel an der Oberfläche stellte lediglich die oberste Spitze des Gewölbes dar.

Der Olymper atmete schwer und unregelmäßig. Unbewußt erhöhte er den Sauerstoffgehalt seiner Atemluft weiter.

»Das… das ist… unglaublich«, brach es aus ihm hervor.

Das also war… WELT.

8.

»Du mußt dich irren. Hier gibt es keine Spuren.«

Seiko Konao starrte die Hanse-Spezialistin aus flammenden Augen an.

»Ich irre mich nicht. Dort drüben stand ich, und der Typ von Olymp umrundete das Buschwerk. Er hat sich hier an dieser Stelle aufgehalten. Mit allen Systemen meines Anzugs habe ich nach Spuren gesucht. Es war, als habe er sich in Luft aufgelöst.«

»Vielleicht hat er das wirklich.«

»Dann hätte ich einen Transmittereffekt anmessen müssen oder vergleichbare Emissionen. Aber da war nichts. Keine Wärmespur, nur die gleichmäßige Umgebungstemperatur.«

Madelaine Dorane suchte die Gegend ab. Sie wagte sich gefährlich nahe an das Buschwerk heran; die Äste und Zweige entsannen sich sofort ihrer Funktion als biegsame Stränge und Tentakeln. Sie beugten sich ihr entgegen, doch sie reagierte nicht darauf.

Nach einer Viertelstunde schloß sie ihre Untersuchungen ab.

»Du hast bestimmt rechts«, sagte sie. »Wir können ihm nicht helfen. Wenn WELT ihn in das Lebenssystem integriert hat, dann bekommen wir ihn nicht mehr heraus. Das steht fest. Es sei denn, wir vernichten Teile des Systems. Ob ihm das allerdings hilft, wage ich zu bezweifeln.«

Die Septadimtechnikerin gab ihr im stillen recht. Sie hatte zusammen mit Arno erlebt, auf welche Weise die Zenossi Teile von WELT waren. Dieser Prozeß ließ sich mit großer Wahrscheinlichkeit nicht rückgängig machen, ohne diesen Wesen Schaden zuzufügen oder sie zu töten.

»Und was schlägst du vor?« erkundigte sie sich.

»Wir kehren zur HEWANORRA zurück.« Madelaine Dorane deutete in die Richtung, in der das ihnen bekannte Lamellentor lag. »Das ist die einzige sinnvolle Möglichkeit. Ich habe keine Hoffnung mehr, Arno zu finden oder auf Leute von der AUTUN DE HARRAS zu treffen.«

Sie aktivierte ihren Antigrav und schwebte hinauf über die Wipfel der Büsche und Bäume. Jellim a Cornu folgte ihr kommentarlos, und Seiko bildete den Schluß. Sie stiegen bis auf eine Höhe von hundert Metern über der Vegetation und schwebten gemächlich nach Norden. Nach wenigen Minuten jedoch änderte die Kommandantin den Kurs und ließ sich nach Westen treiben. Der Marsianer schloß zu ihr auf.

»Was ist? Was hast du?« fragte er.

Sie deutete hinunter in das Gemisch der Farben. »Seht ihr dort den dunklen Fleck? Das könnte ein Fremdkörper sein.«

»Du hast recht«, stimmte die Terranerin zu. »Wir landen.«

Der Fleck entpuppte sich als Stelle, an der dichte Bodengewächse ihr Dasein fristeten, Sie ähnelten jenen pilzförmigen Farnen, die sie in der Nähe des Lamellen-Tores vorgefunden hatten.

Diese hier leuchteten in dunklem Braun.

»Sie scheinen in Fäulnis übergegangen zu sein.« Seiko Konao ging in die Hocke und betrachtete sie eingehend.

Madelaine Dorane startete bereits wieder. »Kommt! Verschwenden wir keine Zeit.«

Zehn Minuten später war es Jellim a Cornu, der sie auf eine verdächtige Bodenformation aufmerksam machte. Er schwenkte erneut nach Westen ab, so daß sie sich immer weiter von der Ideallinie zum Lamellentor entfernten.

»Sieh selbst nach«, forderte die Hanse-Spezialistin ihn auf. »Wir bleiben hier oben.«

Der Hyperphysiker sank hinab zum Boden. Sie hörten seinen heftigen Atem.

»Spuren!« rief er. »Hier sind Spuren von Stiefeln. Vielleicht…«

Sie landeten, leisteten ihm so Gesellschaft. Der Boden bestand in dieser Region aus reinem Humus ohne Bewuchs. Es handelte sich um die Abdrücke von Stiefeln, die zu hominiden Füßen gehörten. Soviel ließ sich an der Form feststellen. Das Sohlenprofil unterschied sich allerdings von dem, das die Hanse benutzte.

Die Spuren endeten dort, wo der Humus in bewachsenen Boden mit kurzem, gelbem Haargras überging. Weit und breit hielt sich niemand auf, und auch Funksprüche führten zu keinem Ergebnis. Eine Weile suchten sie zwischen dem Buschwerk herum.

»Vielleicht sollten wir nochmals ins Zentrum des Luftraums aufsteigen und nachsehen, ob wir Kontakt zu Arno erhalten.«

Madelaine Dorane und Jellim a Cornu erstarrten zur Reglosigkeit. Seiko blieb irritiert stehen.

»Habe ich etwas Falsches gesagt? Sicher, vielleicht ist er längst vorausgeeilt und wartet an der Öffnung auf uns. Aber ein Versuch…«

Etwas stülpte sich über sie und nahm ihr die Sicht. Ihr Körper wurde in schnelle Drehung versetzt. Sie wies die

Inpotronik an, den Helmscheinwerfer einzuschalten. In seinem Licht erkannte sie ein Gespinst aus weißen Fäden, die sie in der Art eines Kokons umgaben und ihr jegliche Bewegungsfreiheit nahmen. Die Enden der Fäden tasteten nach ihrem Hals und dem Helm. Sie spürte leichten Druck auf den Magnetverschlüssen ihres Anzugs.

Eisiger Schreck durchzuckte sie. Die Fäden reagierten nicht instinktiv. Sie versuchten gezielt, ihren Helm und den Anzug zu öffnen.

Seiko Konao gab einen erstickten Schrei von sich.

Diese Pflanzen agierten mit einem bestimmten Maß an Intelligenz!

WELT versuchte, sie zu kriegen...

»Schirm an, Antigrav ein!« ächzte sie.

Um sie herum blitzte es auf. Der Energieschirm ließ den Kokon platzen und schleuderte ihn davon. Der Druck an den Magnetverschlüssen wich. Gleichzeitig blitzten Energiestrahlen auf. Madelaine und Jellim versuchten, dem Ding mit ihren Waffen zu Leibe zu rücken.

Der Antigrav beförderte sie in eine Höhe von fünf Metern, wo sie blieb.

Das Gelände unter ihr war nicht mit dem identisch, auf dem sie zuvor gestanden hatte. Der Kokon hatte sie gut fünfzehn Meter transportiert. Jetzt lagen die glimmenden Überreste auf dem Boden und erloschen langsam.

»Das war Rettung in höchster Not«, stieß sie hervor. »Das Ding handelt gezielt.«

»Woran willst du das erkennen?«

Seiko lauschte der Stimme des Marssaners nach. Für einen kurzen Augenblick bildete sie sich ein, daß so etwas wie Hohn aus ihr klang.

Sie schilderte ihre Beobachtungen.

Die Hanse-Spezialistin nickte bedächtig. »Diese Verhaltensweise hängt vermutlich mit ihrer Nahrungsaufnahme zusammen. Für ein Zeichen von Intelligenz halte ich es aber nicht. Und jetzt laßt uns von hier verschwinden.«

Das Buschwerk bildete mit seinem filigranen Astwerk und den winzigen Blättern an den Zweigen eine leicht gekrümmte Fläche von grauer Farbe. Auf dieser Fläche bewegten sich Farben. Die Fläche war so groß, daß sie das Farbenspiel selbst aus der Höhe deutlich wahrnahmen.

»Das ist kein Zufall«, behauptete die Terranerin.

Die Anzeichen mehrten sich, daß hier tatsächlich eine bestimmte Art von Intelligenz am Werk war. Ein Wunder mußte das nicht sein. Schließlich hatte der riesige Pflanzenorganismus Millionen von Jahren Zeit dazu gehabt.

Eines der ehernen Gesetze der Evolution in diesem Universum besagte, daß immer die evolutionärste Spezies mit dem besten Überlebensprogramm und den besten Chancen zur Weiterentwicklung den Keim der Intelligenz gebar. In dem Asteroiden gab es nichts außer Pflanzen und ein paar neuzeitlichen Gärtnern, die aber auf die Evolution des Systems keinen nennenswerten Einfluß ausüben konnten. Dazu war ihre Population zu klein.

»Egal. Wir sollten nicht nochmals landen«, warnte Madelaine Dorane.

Seiko war anderer Meinung. »Da tut sich etwas. Möglicherweise erfahren wir Dinge, die für uns wichtig sind.«

»Also gut, landen wir.«

Zum dritten Mal unterbrachen sie ihren Flug und kehrten auf den Boden zurück. Vor ihnen ragte das Buschwerk auf, leuchteten die Farben zu ihnen herüber. Die ›Leinwand‹ besaß die Größe von gut zwanzig mal zehn Metern.

Das Farbenspiel verwirrte ihre Sinne, doch dann kniff

Seiko Konao die Augen ein wenig zusammen und entdeckte zusammengehörige Farbenmuster, die Bestandteile von Bildern darstellten: Bilder, die sie verstand. Sie entdeckte Ausschnitte aus WELT, das Tal der Zenossi zum Beispiel, das sie kannte. Und das Lamellentor oder eines davon.

Dann wechselten die Farben, verblaßten zu einem einzigen, grellweißen Fleck. Das Licht explodierte, und aus ihm entstanden eine Sonne sowie ein einzelner Asteroid. Der Felsbrocken kühlte ab, in seinem Inneren entstanden Schlieren aus Gas: der Grundstein für das Leben. Aus diesem Gas entwickelten sich erste Keime, und aus den Keimen erwuchs in Jahrmillionen ein ausgeglichenes Lebenssystem. Eine aus Pflanzen bestehende Lebensform mit hoher Artenvielfalt.

Seiko entdeckte Gebilde und Formen, die es heute in dem Asteroiden nicht mehr gab. Sie zählten zu den ausgestorbenen Gewächsen. Dafür wuchsen andere heran und vermehrten sich. Irgendwann erreichte das System eine innere Balance. Die tüchtigsten Formen herrschten vor, und ein Gemeinschaftswesen entstand.

WELT.

Und die Balance existierte jetzt und in dem Augenblick, in dem die Terranerin die farbige Projektion betrachtete.

Die ›Leinwand‹ zeigte einen Raumanzug mit Helm und den Proportionen der Septadimtechnikerin. Das Signal war deutlich.

»Das bist du«, flüsterte Jellim a Cornu. »Siehst du dich?«

Sie nickte stumm und starrte weiter auf die Farben. Sie erloschen, und die Projektion begann von vorn.

Seiko sprang auf.

»Das System *ist* intelligent. Das bedeutet, daß automatisch die Vorschriften der Hanse zur Behandlung von bisher unbekannten Welten mit intelligenter Spezies in Kraft treten. Nichts wie weg hier, bevor wir alles kaputtmachen.«

»Du siehst das vollkommen richtig«, erklärte der Marsianer. »Die Vorzüge des Lebenssystems von WELT übersteigen die jeder anderen Lebensform. Das geht aus der Projektion eindeutig hervor.«

»Das habe ich nicht so empfunden.« Seiko Konao entfernte sich ein Stück von der ›Leinwand‹. »Woher nimmst du die Gewißheit? Wißt ihr beiden mehr als ich?«

»Ach, nur so«, sagte Jellim beiläufig. Im nächsten Augenblick stürzte er sich gemeinsam mit Madelaine Dorane auf sie.

Seiko Konao galt seit ihrer Kindheit als Außenseiterin. Ihr anerzogenes Verhalten stempelte sie zur Einzelgängerin, was sich tief in ihre Psyche eingegraben hatte. Sie zweifelte innerlich das Wissen anderer und auch deren Verhalten grundsätzlich an. Sie besaß keine Freunde, und die Wahrung einer manchmal als Arroganz ausgelegten Distanz hatte ihr im bisherigen Leben viele Enttäuschungen erspart.

Jetzt half ihr diese Mentalität, den Schock außer Kraft zu setzen. Sie riß die Arme hoch und bekam ihre Waffe zu fassen. Der Kolben des Strahlers fuhr herum und traf den Marsianer an der Schulter. Jellim a Cornu schrie auf, obwohl der Schlag gar nicht so heftig war. Dann deutete die Mündung auf die Hanse-Spezialistin. Madelaine Dorane rollte sich zur Seite und hob die Hände.

»Verdammt, mach keinen Unfug!« zischte sie. »Hätten wir dich nicht zu Boden gerissen, dann wärst du im Schlund des Ungetüms da drüben gelandet.«

Seiko stieß den Marsianer von sich und wälzte sich herum. Hinter ihr befand sich kein Busch und kein Baum, auch kein Schlund oder sonst etwas, was ihr hätte gefährlich werden können.

»Schirm an«, sagte sie hastig.

Wieder schrie Jellim auf. Er hatte sich erneut auf sie stürzen wollen. Der Vorhang aus Energie warf ihn zurück. Jaulend wälzte er sich auf dem Boden.

»Schluß jetzt!« Seiko richtete die Waffe auf ihn. »Leg dich auf den Rücken und streck die Arme aus!«

»Laß ihn.« Madelaine Dorane versuchte zu beschwichtigen. »Er hält den Streß nicht mehr aus.«

»Mag sein. Und wie ist es mit dir?«

»Ich habe mich unter Kontrolle. Du hast es ja gesehen. Ich habe versucht, ihn zurückzureißen. Du bist mir zuvorgekommen.«

»Ich hatte eher den Eindruck, daß du dich ebenfalls auf mich geworfen hast.«

»Eine Täuschung, Seiko.«

»Komm mir nicht so zuckersüß. Ich will nichts mit dir zu schaffen haben.«

»Noch bin ich die Kommandantin. Achtung, Alpha-Befehl. Seikos Schirm ist zu desaktivieren.«

Die Terranerin war schneller. Sie schaltete von Automatik auf manuelle Bedienung um. Den Bruchteil einer Sekunde später versuchte der Automat den Zugriff, aber es ging nicht mehr.

»Pech, was?«

»Ich bringe dich vor ein Bordgericht. Das ist Meuterei.«

»Ist mir egal. Mein Aufzeichner läuft schon die ganze Zeit. Ich kann alles belegen, was seit unserem Zusammentreffen vorgefallen ist. Und jetzt will ich wissen, was mit euch los ist. Weg da!«

Die Mündung der inzwischen entsicherten Waffe deutete auf den Bauch der Hanse-Spezialistin. Madelaine Dorane wich zurück. Bei zwanzig Metern befahl Seiko

Konao: »Halt! Hinlegen! Auf den Bauch. Gesicht nach unten!«

Die Kommandantin gehorchte. Seiko näherte sich dem Marsianer und befahl ihm, die Hände unter den Körper zu nehmen. Langsam umrundete sie ihn und blieb auf der Kopfseite stehen. Sie ließ sich auf die Knie fallen. Ihre Waffe deutete aber noch immer auf die Hanse-Spezialistin.

Die Terranerin brachte ihren Helm dicht an den des Marsianers und blickte hinein. Jellim a Cornu starrte sie aus geweiteten Augen an. Sein Gesicht wies ein gleichmäßiges Muster aus weißen Punkten auf. An seinen Lippen hingen Fäden.

Seiko Konao unterdrückte das Würgen in ihrem Hals. Hastig richtete sie sich auf.

»Das Spiel ist aus. Ihr könnt mich nicht mehr täuschen.«

Sie ging zu Madelaine Dorane und drehte sie auf den Rücken. Auch bei ihr blickte sie durch den Helm. Das Gesicht zeigte keine Einwirkungen. Es war makellos wie immer.

Erleichterung befiel sie, aber ihre innere Stimme gab keine Entwarnung. Sie wich ein Stück zurück und korrigierte den Lauf der Waffe.

»Steht auf und geht dort hinüber zu den Büschen.«

Sie taten es. Die Vegetation ließ sie in Ruhe, doch nach einer Weile begannen ein paar der Äste nach Madelaine Dorane zu haschen.

Es kann ein Trick sein. *Der Angriff kommt ziemlich spät,* dachte die Septadimtechnikerin. *Besser ist es, ich traue ihr nicht.*

Jellim a Cornu versuchte einen letzten Trumpf auszuspielen. Er kam auf sie zu und nahm seinen Helm ab. Die Punkte in seinem Gesicht wuchsen rasend schnell zu langen Fäden aus, die sich ihr entgegenschnellten.

»Du hast keine Chance«, blubberte er, und aus seinem rechten Mundwinkel lief grünlicher Schleim.

Seiko Konao schoß. Sie traf ihn in Brusthöhe. Paralysiert fiel das Wesen hintenüber, das einmal Jellim a Cornu gewesen war.

Angeekelt wandte sich die Terranerin ab.

»Warum habt ihr es nicht verhindert?« flüsterte sie. »Es ist doch so leicht.«

»Sie haben ihn überrascht. Er konnte seinen Schirm nicht mehr rechtzeitig einschalten. Ich beschloß, bei ihm zu bleiben.«

»Und du bist o. k., hast dich nicht überrumpeln lassen?«

»Du sagst es.«

Seiko Konao glaubte der Plophoserin kein Wort.

9.

Auf den ersten Blick erinnerte das Gebilde an ein riesiges Gehirn, auf den zweiten an ein langes, spitz zulaufendes Ei von rosaroter bis weißer Farbe. Wie ein etwas zu üppig geratener Kuchenteig ragte es aus dem Krater, überlappte seine Ränder und bildete eine scharfe Abgrenzung zur Umgebung. Das Ganze pulsierte in einem Rhythmus von etwa zweihundert Schlägen pro Minute vor sich hin.

Eine ganze Weile stand Arno von Wolkenstein wie erschlagen. Aus weit geöffneten Augen starrte er auf das Ding. Mehrere hundert Hauptstränge, die oberhalb des Kraterrands begannen und nach allen Richtungen liefen, erbrachten den endgültigen Beweis.

Er hatte sein Ziel erreicht. Vor ihm lag das Nervenzentrum des Lebenssystems, die Steuereinheit von WELT.

»Tastung«, flüsterte der Olymper. »Worum handelt es sich bei diesem Gebilde? Kannst du das Material bestimmen, aus dem es sich zusammensetzt?«

»Es besteht aus einer kompakten Masse der bereits bekannten Pflanzenfasern, allerdings ohne makrobiotische Ausprägung«, lautete die Antwort des Automaten. »In der Art eines regelmäßigen Musters sind darin kristalline Strukturen eingebettet. In ihnen laufen die energetischen Prozesse hundertmal schneller ab als in den pflanzlichen Teilen.«

Arno von Wolkenstein schwebte weiter. Langsam umrundete er das Gebilde. Immer dort, wo er sich befand, dunkelte die weißrosa Masse ein wenig ab; das lag nicht daran, daß er einen Schatten geworfen hätte.

Sie weiß, daß ich da bin. Sie reagiert auf meine Anwesenheit, frohlockte er.

Er begann die Hauptstränge zu zählen. Dreihundertsechsundachtzig waren es, folglich gab es ebensoviele Knotenstellen. Sie stellten den Steuer- und Informationsverbund von WELT dar.

Die Stille innerhalb der Blase vermittelte ihm ein Gefühl der Andächtigkeit. Jedes laute Wort hätte er als eine Störung empfunden. Es war mehr als Feierlichkeit, die ihn erfüllte.

Als erster Mensch, ja, vermutlich als erstes Lebewesen überhaupt, stand er vor dem Zentrum eines auf pflanzlicher Basis existierenden Systems, wie es sich auf keiner Planetenoberfläche und unter keiner Sonnenbestrahlung entwickeln konnte. Ihm war es vergönnt, eine Entdeckung zu machen, die das Weltbild von der Entstehung des Lebens um eine wertvolle Variante bereicherte.

Hitze durchflutete seinen Körper. Konnte es wirklich sein, daß es sich bei diesem Organismus in der Höhlung des Asteroiden um mehr als ein natürlich gewachsenes

Gebilde mit den typischen Reaktionen von Pflanzen auf Hitze, Lärm oder Schwingungen handelte?

Er wagte fast nicht, den Gedanken weiterzudenken, denn es bedeutete, daß jede Organisationsform, egal auf welcher Stufe der Evolution sie angesiedelt war, die Möglichkeit besaß, unter bestimmten, günstigen Voraussetzungen Intelligenz zu entwickeln. Vielleicht in begrenztem Maße, aber immerhin.

»Bist du intelligent?« flüsterte er leise und fragte sich, was er tun mußte, um mehr herauszufinden.

WOLKENSTEIN-FLORA, wisperten seine Gedanken. *Was soll der Schwachsinn? WELT paßt viel besser. Es ist das Lebenssystem WELT, entdeckt von der Crew der HEWANORRA anläßlich eines Testfluges in der Northside der Milchstraße.*

Die Automatik seines Anzugs machte ihn regelmäßig auf Datum und Uhrzeit aufmerksam. Es war elf Uhr am 2. Februar 21 NGZ. Und für Milliarden Milchstraßenbewohner war es ein Tag wie jeder andere.

Nur für ihn und seine drei Gefährten nicht. Wo steckten sie?

»Achtung«, meldete die kleine Inpotronik. »In dem Kristallbereich unmittelbar über dir erwacht etwas zum Leben.«

»Achte auf alle Veränderungen, die sich in der Folge ergeben.«

Er hielt in seiner Schwebebewegung inne und wartete.

Als Folge der Aktivität der Kristallsektion entwickelten sich ein Stück weiter unten im Pflanzenbereich chemische Reaktionen. Ein Stück der Oberfläche des Gebildes erwärmte sich um etwas mehr als sechs Grad. Augenblicke später begann in den Hauptsträngen grüne Flüssigkeit zu fließen. Sie trat ihren Weg durch das Lebenssystem an, und sie lieferte Informationen über irgend etwas oder irgend jemanden.

Rief das Zentrum um Hilfe?

Verzweifelt überlegte von Wolkenstein, wie er das Gebilde von seiner Friedfertigkeit überzeugen konnte. Er ging ein großes Wagnis ein, aber er schaltete das Schirmfeld ab.

Nichts geschah, über eine Viertelstunde kreiste er um das heftig pulsierende Gebilde. Nirgendwo bildeten sich Fäden. Selbst als er die unmittelbare Nähe der dicken Stränge aufsuchte, startete das Lebenssystem keinen direkten Angriff auf ihn. Er tat den zweiten Schritt, ließ sich dicht an dem Riesenei zu Boden sinken und schaltete auch den Antigrav als letzte externe Energiequelle seiner Ausrüstung ab.

Der Fluß der grünen Flüssigkeit in den Strängen hörte auf. Die Farbe wechselte zu einem blassen Blau. Die Informationen änderten ihren Charakter. Erkannte das Zentrum seine Harmlosigkeit und blies einen gerade ausgegebenen Alarm ab?

Der Olymper frohlockte innerlich. Er beging noch immer den Fehler wie die meisten, dachte in viel zu menschlichen Bahnen. Die Beweggründe des Lebenssystems WELT waren gänzlich andere, wenn sie überhaupt existierten. So etwas wie Moral im menschlichen Sinne kannte sie mit Sicherheit nicht.

Langsam stieg er über die Hauptstränge und suchte nach einer Möglichkeit, sich in den Informationsfluß des Gebildes einzuklinken. Er versuchte es mit Sprechen, indem er auf das Ei einredete. Eine sichtbare Reaktion erfolgte nicht. Vorsichtig näherte er sich dem Kraterrand und legte einen Handschuh auf die pulsierende Masse. Innerhalb weniger Sekunden brachte das heftige Pulsieren seinen Herzschlag und seinen Atem durcheinander.

»Kannst du mich verstehen?« fragte er über den

Helmlautsprecher und fing bald zu keuchen an. Hastig zog er die Hand zurück.

»Ich brauche Luft«, hauchte er.

»Tut mir leid«, erwiderte die Inpotronik. »Ich werde den Sauerstoffgehalt in deiner Atemluft nicht weiter erhöhen. Das wäre zu gefährlich für dich. Und den Helm darfst du auch nicht absetzen. Die Luft in der Höhle besitzt einen noch höheren Anteil O_2.«

Ratlos blieb Arno von Wolkenstein stehen. Er sah ein, daß er keine weiteren Möglichkeiten besaß, Kontakt zu dem Gebilde herzustellen.

Unverrichteter Dinge wollte er nicht abziehen. Also zog er sich ein Stück vom Kraterrand zurück und wartete darauf, daß nun das Lebenssystem die Initiative ergriff.

In der Grotte wurde es heller. Das Licht kam von hinten; er fuhr herum und starrte auf den Schutzvorhang der Grotte. Ein Teil davon veränderte sich zu einem cremigen Weiß. Eine leicht gewölbte Fläche von ungefähr zehn Quadratmetern entstand. Auf dieser Fläche begannen Farben zu wandern und sich zu bizarren Mustern zusammenzusetzen. Zunächst folgte Arno dem Vorgang ohne größeres Interesse. Je länger er hinsah, desto deutlicher erkannte er jedoch, wie sich aus den Farben und Mustern wie bei einem Puzzle Bilder zusammensetzten. Eine Lichtung entstand, und er vermochte die Büsche und Bäume in ihrer bizarren Verschlungenheit zu unterscheiden. Im Hintergrund stieg das Gelände leicht an und zeigte ein ausgedehntes Waldgebiet. Ganz zuletzt entdeckte er die am Boden ausgestreckte Gestalt. Sie trug einen Schutzanzug, wie sie bei der Kosmischen Hanse üblich waren.

»Madelaine? Jellim?« Seiko konnte es nicht sein, sie war zierlicher als die anderen.

Eine ganze Weile lag die Gestalt reglos im Gras, dann

bewegte sie sich. Erst zaghaft und unkontrolliert, dann gezielter. Sie hob den Kopf, rollte sich zur Seite und zog die Knie an den Bauch. Dann stand sie langsam auf und blieb schwankend stehen.

»Verdammt«, flüsterte Arno von Wolkenstein. »Das ist der Marsianer. Es sieht nicht so aus, als habe er nur geschlafen. Da ist etwas geschehen.«

Stumm verfolgte er, wie Jellim a Cornu eine Weile auf der Stelle taumelte und an seinem Gürtel herumfingerte. Irgendwie kam er mit der Automatik nicht zurecht. Entschlossen wandte er sich um und marschierte los, ohne den Antigrav in Betrieb zu nehmen.

Ein merkwürdiges Phänomen entstand auf der Leinwand. Die Gestalt im Schutzanzug entfernte sich, aber sie wurde nicht kleiner und verschwand nicht am Horizont. Sie blieb gleich groß. Die Kamera – oder was immer diese Bilder fixierte – marschierte mit.

Der Olymper wandte seine Aufmerksamkeit wieder der Grotte und dem Ei zu.

»Was willst du mir damit sagen?« fragte er. »Soll ich ihn suchen gehen?«

Er richtete seine Aufmerksamkeit wieder der Fläche zu. Dort baute sich ein neues Bild auf. Es zeigte die Gestalt, wie sie sich einem ausgesprochen gleichmäßig geformten Hügel näherte. Von Wolkenstein erkannte sofort, daß es sich um den Hügel über der Grotte handelte.

Jellim war dort oben, und vermutlich suchte er einen Eingang.

Der Triebwerksingenieur schüttelte den Kopf. Wenn es Zufälle gab, dann war dies einer. Der Marsianer verfolgte offensichtlich dieselbe Taktik und hatte dieselben Gedanken wie er selbst. Er suchte das Zentrum des Lebenssystems und war auf der richtigen Spur. Von Wolkenstein aktivierte das Funkgerät.

»Jellim, hier Arno«, sagte er hastig. »Du bist goldrichtig. Warte in der Umgebung des Hügels darauf, daß sich der Boden öffnet.«

Er erhielt keine Antwort. Aber das kannte er ja bereits. Der Funkverkehr funktionierte nicht. In dieser eng begrenzten Welt liefen sie quasi aneinander vorbei, ohne sich zu bemerken.

Etwas völlig Unerwartetes geschah.

Der Hügel öffnete sich. Die dichte Decke der Vegetation schuf eine Öffnung für Jellim a Cornu, und diesmal schien der Antigrav endlich zu funktionieren. Droben an der Wölbung bildete sich für kurze Zeit ein heller Fleck. Eine Gestalt wurde sichtbar und sank langsam tiefer, während sich die Öffnung über ihr wieder schloß. Jellim a Cornu driftete an dem Riesenei vorbei und hielt auf den Olymper zu.

»Sein Schutzschirm ist außer Betrieb«, meldete Arnos Inpotronik.

Irgendwo in Arno von Wolkenstein schrillte eine Alarmglocke. Er wich ein Stück zur Seite, um dem Ankömmling Platz zu machen.

»He du!« Der Marsianer krächzte mehr schlecht als recht. »Wo hast du dich die ganze Zeit rumgetrieben?«

»Ich habe das Zentrum gesucht und habe es gefunden«, entgegnete von Wolkenstein. »Und was war mit dir? Ich hatte den Eindruck, du warst bewußtlos.«

»Das ist eine lange Geschichte. Ich erzähle sie dir später.« Er erreichte den Grund und schnaufte erleichtert. »Sieht gut aus hier. Irgendwie hatte ich es mir anders vorgestellt.« Der Hyperphysiker sprach jetzt wieder klar und deutlich.

»Ich mir auch. Aber wir machen ja bekanntlich alle den Fehler, daß wir in zu menschlichen Bahnen denken.«

»Nein, nein, das ist es nicht«, wehrte Jellim a Cornu ab.

»Irgendwie habe ich Probleme mit der Umsetzung. Wir haben dich übrigens gesucht, aber nicht gefunden. Du warst wie vom Erdboden verschluckt.«

»Ob du es glaubst oder nicht, genau so war es. Der Boden tat sich auf, und ich fiel in die Tiefe. Wo sind Madelaine und Seiko?»

»Ich habe keine Ahnung. Die Terranerin ist schlauer als tausend Arkoniden. Sie hat es doch tatsächlich geschafft, mich zu paralysieren.«

»Sie muß übergeschnappt sein.«

»Nein, nein!« Jellim a Cornu lachte rauh. »Irgendwie verstehe ich sie ja.«

Seine Finger wanderten zur Halskrause und machten sich an den Magnetverschlüssen zu schaffen.

»Nein!« schrie Arno von Wolkenstein. »In der Luft ist zuviel Sauerstoff. Laß den Helm auf!«

»Du wirst lachen. Mich stört das nicht mehr.«

Es klackte leise, dann nahm Jellim a Cornu seinen Helm ab.

»Ja, ja, schau mich nur an.« Jellim schien das Entsetzen zu genießen, mit dem Arno von Wolkenstein ihn anstarrte. Das Gesicht des Marsianers war übersät von weißen Punkten, und jedesmal, wenn er sich nach vorn beugte auf den Olymper zu, bewegten sich die Punkte. Sie lösten sich aus der Geborgenheit der Haut und verwandelten sich in weiße Fäden, die sich in Richtung ihres potentiellen Opfers bewegten.

Jellim a Cornu lachte. »Ich habe sie unter Kontrolle oder sie mich. Mein ganzer Körper ist voll davon, Arno. Sag nichts! Ich weiß, was du empfindest. Noch spüre ich den Nachhall jenes Entsetzens in mir, als sie eindrangen. Es geschah schmerzfrei, mit einem leichten Ziehen nur. Ich schrie, weil ich begriff, was mit mir vorging. Ich hielt es für ein Unglück, für den Untergang. Das Gegenteil ist der Fall, denn die weißen Fäden halten mich am Leben. Sie ermöglichen mir die Symbiose mit dem Lebenssystem von WELT. WELT hat mich hierher gesandt, um dir diese Botschaft zu überbringen. Andere hat sie absterben lassen. Mich nicht.«

Das, was jetzt Jellim a Cornu war, schlüpfte aus dem Schutzanzug und entblößte das Unterhemd. Der gesamte Körper war übersät von diesen Punkten.

»Sie durchdringen meinen gesamten Organismus. Sie vernichten ihn nicht, sie verdrängen ihn nur ein bißchen. Seine Funktionen bleiben erhalten, auch wenn es ab und zu Probleme mit der motorischen Kontrolle gibt.«

»Jellim!« Endlich brachte Arno von Wolkenstein ein Wort hervor. »Komm mit mir. Du mußt sofort in ärztliche Behandlung. Sie kriegen dich wieder hin, das verspreche ich dir. Sie befreien deinen Körper von diesem Zeug.«

Er bewegte sich auf den Gefährten zu, aber sofort schnellten sich ihm unzählige weiße Fäden entgegen. Er wich ihnen aus und hatte Glück, daß sie ihn nicht erwischten.

»Ich will das nicht, hörst du? Niemand zwingt mich mehr in meine frühere Existenz zurück. Der Hyperphysiker Jellim a Cornu ist tot. Er existiert nicht mehr. Meine Aufgabe in der HEWANORRA übernimmt ein anderer. Ich bleibe hier, Arno. Mein Platz ist in diesem gigantischen Organismus, in diesem Wunderwerk der Evolution. Hast du es noch immer nicht begriffen? Dies ist eine einmalige Chance. Ich gehe in WELT auf und verzichte dabei auf einen Teil meiner Existenz, auf eine Äußerlichkeit. Bei Bedarf kann ich den Körper wiederherstellen, in einer anderen Farbe und Zusammensetzung. Es wird immer mein Körper bleiben. Begreifst du endlich, was es heißt, unsterblich zu sein? Für immer in diesem Organismus zu leben, ein eigenes Bewußtsein im großen Ganzen zu haben? Ich werde leben, so lange WELT lebt.«

»Du bist verrückt«, stieß der Olymper hervor und begriff im selben Augenblick, daß er sich irrte. »Es hat dir den Verstand zerfressen.«

»O nein! Es greift auf den Inhalt meines Verstandes zurück, um mit dir zu kommunizieren. Deshalb bin ich hier. Weil es mit dir kommunizieren will. Mach Platz. Laß mich vorbei.«

Arno von Wolkenstein wich zur Seite, und der Marsianer ging mit schleppenden Schritten an ihm vorüber. Unbeholfen und unter starker Beeinträchtigung seines Gleichgewichts stieg er über die dicken Hauptstränge hinweg bis zum Kraterrand. Eine Armlänge vom Riesenei entfernt machte er halt.

Die Augen des Olympers vermochten das Folgende kaum zu erkennen. Tausende oder sogar Zehntausende der weißen Fäden schnellten sich aus dem Körper des Hyperphysikers und verschmolzen mit dem Gebilde. Die Berührungsstellen leuchteten kurz in grellem Weiß, dann dunkelten sie wieder ab.

Jellims Gesichtsmuskulatur zuckte unkontrolliert. Seine Kiefer mahlten, und die Lippen befanden sich in ununterbrochener Bewegung. Er redete, aber kein Laut kam über seine Lippen. Nach einer Weile knackte der Kehlkopf und produzierte Knarrlaute. Und endlich verstand von Wolkenstein die ersten Worte einer Stimme, die überhaupt nicht an die des Marsianers erinnerte.

»... ist WELT ein in sich geschlossenes Lebenssystem. Die Organismen sind derart aufeinander abgestimmt, daß sich jeder von den Abfällen des anderen ernährt. Es ist ein immerwährender Kreislauf. Überschüsse an Gas werden in bestimmten Abständen zur Erhaltung der Drehkraft durch die Öffnungen ins Freie gestoßen. Bis vor einiger Zeit glaubte WELT sogar daran, der einzige Organismus des Universums zu sein. Draußen gab es nur eine einzige sinnvolle Lichtquelle und sonst nichts. Die Ableger, die WELT nach draußen sandte, starben schon nach kurzer Zeit. Dann jedoch tauchten fremde Organismen auf, die Zenossi. Von ihnen lernte WELT, daß das Universum erfüllt ist von vielfältigem Leben. WELT lernte auch, die Fremdkörper zu integrieren, aber nicht in jedem Fall gelang es. Andere kamen, und sie opferten lieber ihre Existenz, als sich integrieren zu lassen. Es gibt nur diese zwei Möglichkeiten: Integration oder Beseitigung. Eine Gefährdung von WELT durch andere Lebensformen darf nicht entstehen. Aus diesem Grund muß die Existenz von WELT ein Geheimnis bleiben.«

Die Fäden lösten sich von dem Gebilde und schnellten wie Gummischnüre in den Körper Jellim a Cornus hinein. Das, was einmal der Marsianer gewesen war, wandte sich um und kehrte mit tapsigen Schritten zu Arno von Wolkenstein zurück.

»Verstehst du es jetzt besser?« fragte er mit seiner eigenen Stimme. »Was du gerade gehört hast, war WELT. Der Organismus hat zu dir gesprochen. Dies tat er nicht einmal bei mir. Da schickte er nur die Fäden. Er achtet deine hohe Intelligenz. Du hast etwas vollbracht, was noch nie geschehen ist, Mann von Olymp. Du hast seinen Sitz gefunden und dich verhältnismäßig zurückhaltend und kompromißfähig gezeigt.«

»Ich verstehe, Jellim. Ich erkenne auch die Intelligenz dieses Zweigs der Schöpfung. Noch nirgends im Universum wurde ein solches Lebenssystem gefunden. WELT ist in der Tat einzigartig. Und ich bin mit dir einer Meinung, daß dies nicht leichtfertig aufs Spiel gesetzt werden darf. Doch es gibt auch die andere Seite. Wie geht WELT mit anderen Existenzen um? Welche Wertvorstellung steht dahinter?«

»Du hast recht. Diese Frage beschäftigt mich selbst die ganze Zeit. Du magst daran erkennen, daß ich durchaus über meinen freien Willen verfüge, obwohl mein Körper nicht mehr mir allein gehört. WELT hat zur Jagd auf die beiden verbliebenen Fremdkörper geblasen und wird nicht eher ruhen, als bis sie in das System integriert sind.«

Arno von Wolkenstein verstand immer deutlicher, daß das Lebenssystem zwar Intelligenz besaß, dabei aber stark an eine Maschine erinnerte oder an eine Inpotronik. Ein bestimmtes Maß an Entscheidungsfreiheit existierte, dann kam die Grenze, und dahinter blieb nur die sture, mechanische Reaktion eines Programms. Der Olymper war sich darüber im klaren, daß auch das nur eine Krücke darstellte, um die Evolution im Innern des Asteroiden zu verstehen. Sie war gänzlich anders verlaufen als alles Bekannte; entsprechend ließen sich auch keine menschlichen Maßstäbe oder gar menschliche Moral anwenden.

»Madelaine und Seiko halten sich also noch in WELT auf«, folgerte er.

»Ja. Sie suchen nach uns. Wenigstens Seiko verfügt noch über ein bestimmtes Maß an Logik. Bei der Plophoserin bin ich mir nicht sicher. WELT wird aber keine Gnade kennen. Das Verhalten der beiden zeigt eindeutig, daß sie sich nicht aus freien Stücken integrieren wollen. WELT wird Gewalt anwenden.«

»Dann sollten wir ein Exempel statuieren. Damit WELT erkennt, daß auch einem System wie diesem Grenzen gesetzt sind.«

»WELT versteht deine Worte nicht. Kannst du sie erläutern?«

»WELT hat kein Recht, über die Existenz anderer Lebewesen zu bestimmen. Sonst muß es diesen dasselbe Recht zugestehen, nämlich daß sie über die Existenz von WELT bestimmen und WELT bei Bedarf vernichten.«

Der Marsianer schwieg eine ganze Weile. Immer wieder schüttelte er den Kopf. Das gepunktete Gesicht schwabbelte hin und her.

»Dies ist nichts, worüber zu reden wäre.«

»Gut. Bringe deinem Symbiosepartner bei, daß ich die Möglichkeit habe, WELT zu vernichten. Erkläre ihm, was eine Strahlenwaffe ist und wie sie sich in dieser Grotte mit ihrem hohen Sauerstoffanteil auswirken wird. Der Organismus wird brennen wie Zunder. Es wird zwei, drei Stunden dauern, dann ist von einer jahrmillionenalten Evolution nur ein Ascheklumpen übrig. Nichts wird darauf hinweisen, daß es hier einmal intelligentes Leben gegeben hat. Mach du WELT klar, daß dein Leben gegen das Leben von WELT ein ausgewogener Preis ist, den das Lebenssystem zahlen muß.«

Diesmal dauerte das Schweigen annähernd eine halbe Stunde. Der Olymper musterte den ehemaligen Gefährten eingehend und stellte fest, daß mehrere weiße Fäden von seinem Rücken hinab zum Boden führten und dort verschwanden. Unter dem Gestein gab es also Verbindungen zu dem Gebilde im Krater, oder das Gestein selbst ermöglichte die Kommunikation.

»WELT ist nicht erpreßbar«, sagte Jellim a Cornu endlich. »Aber WELT versteht deine Argumente und erkennt sie an. WELT macht dir einen Vorschlag.«

»Da bin ich aber gespannt.«

»WELT fordert dich zur Symbiose auf. Tu es! Du bist intelligenter als ich. Meine Zeit ist abgelaufen. Schade, wir werden uns nicht wiedersehen.«

»Was willst du damit sagen?«

Arno von Wolkenstein trat auf den Marsianer zu, aber der wich ihm aus. Er zog sich hastig zur Blase zurück und durchdrang sie. Augenblicke später zerfiel erst der Rest seiner Kleidung und dann sein Körper zu Staub. Als sei er seit Jahrhunderten ausgetrocknet. Zurück blieben ein riesiger Haufen dieser weißen Fäden, die sich zu Würmern sammelten und ein Stück zur Seite robbten. Sie formten sich neu, richteten sich auf und bildeten den Körper des Marsianers nach einer vollendeten Matrix neu aus. Alles stimmte überein, selbst die Gesichtszüge. Und die Stimme.

»Tu es, Arno«, flüsterte Jellim a Cornu. »Tu es für die Evolution.«

Dann zerfiel der weiße Körper, und die Fäden verschwanden endgültig in der Vegetation des Lebenssystems.

Arno von Wolkenstein sank zu Boden. Er barg den Helm in den Handschuhen. Ihm war zum Heulen zumute, aber der hohe Sauerstoffgehalt seiner Atemluft bewirkte, daß er seine Fassung schnell wiederfand.

»Er ist tot und ist es doch nicht«, flüsterte er. Den Jellim a Cornu, wie er ihn kannte, gab es nicht mehr. Der Marsianer hatte seinen menschlichen Körper verloren. Aber er verfügte nach seiner eigenen Aussage weiterhin über sein Bewußtsein, eingelagert in vielen tausend weißen Fäden.

Kein erstrebenswertes Schicksal nach dem Geschmack des Olympers. Allerdings gab es auch noch die andere Variante. Am Beispiel der Zenossi ließ sie sich gut verfolgen. Diese besaßen eine Möglichkeit, mit WELT in Verbindung zu treten und Informationen auszutauschen. Oder bloß Befehle entgegenzunehmen?

Arno von Wolkenstein begriff, daß er gegen den Willen von WELT nur mit Gewalt aus dem Asteroiden hinauskam. Damit lief er aber Gefahr, das gesamte Lebenssystem zu vernichten. Andererseits wartete hier in der Grotte eine Chance auf ihn, eine Erfahrung, die er mit niemandem anders teilen würde und die wertvoller sein konnte, als alles angehäufte Wissen der Milchstraßenvölker.

Als er sich endlich aus seinen Gedanken löste und sich erhob, war seit dem Abschied des Marsianers mehr als eine Stunde vergangen. Er kletterte über die Hauptstränge und wanderte durch die Grotte. Selbst die hintersten Winkel durchsuchte er und prüfte die Beschaffenheit des Bodens. Er nahm Temperaturmessungen vor, legte immer wieder seine Hände um die Stränge und spürte dem Pulsieren der Informationsflüsse nach. Dabei entfernte er sich immer weiter von dem Gebilde, bis er sich nur noch in der Nähe des Vorhangs aufhielt. Ein paar Versuche zeigten, daß das Gebilde nach wie vor durchlässig war. Wenn es ihm beliebte, konnte er gehen; WELT würde ihm seine Killer nachsenden oder auch nicht.

Im anderen Fall …

Du bist verrückt! hämmerten die Gedanken in seinem Bewußtsein. *Es liegt am Sauerstoff. Drossele die Sauerstoffversorgung!*

Er tat es, und der Automat kam der Aufforderung mit Erleichterung nach.

Am Zustand seiner Gedanken und der Aufgewühltheit seiner Psyche änderte es nichts.

»Zeit zum Aufbruch«, redete er sich ein. »Du hast hier nichts mehr verloren.«

Wirklich nicht?

Er starrte wieder auf die Stelle hinter der Wandung der Blase und sah vor seinem geistigen Auge die schneeweiße, nackte Gestalt des Marsianers.

Warum eigentlich? Wieso weckte ihn niemand aus diesem dämlichen Traum?

Wenn ich es tue, dann aus freien Stücken.

Im nächsten Augenblick schalt er sich einen kompletten Idioten.

»Ich habe es nicht nötig, auf eine manipulierte Projektion hereinzufallen«, rief er laut, obwohl ihn hier niemand hörte oder verstand. »Und nur, um zwei Frauen zu beeindrucken? Das ist es nicht wert. Was haben meine Neffen und Großnichten davon, wenn ich durch eine Entdeckung berühmt werde, dann aber zurückkehre in mein Labor und niemand sich an mich erinnert? Es ist ebenso dumm wie das Gegenteil. Wozu brauche ich berühmt zu werden, wenn ich in diesem Universum mehr bewirken kann? Ohne daß es jemand erfährt?«

Er schritt durch die Grotte bis zum Kraterrand und lehnte sich an das weiche, pulsierende Gebilde.

»Ich weiß, daß du mich beobachtest. Du weißt, wie man Bilder projiziert, also verfügst du über die Möglichkeit der optischen Beobachtung. Wer hat es dich gelehrt? Die Zenossi?«

Mit einem entschlossenen Ruck löste von Wolkenstein die Magnetverschlüsse und setzte den Helm ab. Achtlos ließ er ihn zu Boden fallen. Es gab einen hohlen Ton. Die im Übermaß sauerstoffhaltige Luft raubte ihm fast den Verstand. Er atmete langsam und knapp, während er aus dem Schutzanzug stieg. Die Inpotronik reklamierte, er schaltete sie kommentarlos ab. Er schaffte den Anzug zur Seite, ebenso den Handstrahler.

In der Unterwäsche lehnte er sich gegen das pulsierende Gebilde, schloß die Augen und wartete.

WELT spürte ihn und antwortete.

10.

»Wir dürfen ihn nicht seinem Schicksal überlassen.«

Die beiden Frauen flogen in sicherem Abstand und mit geschlossenen Anzügen sowie eingeschalteten Schirmen nebeneinander her. Seiko Konao hielt sich die Plophoserin vom Hals, so gut es ging. Unsicherheiten bei der Bedienung des Anzugs hatte sie bei Madelaine Dorane bisher nicht festgestellt, aber das wollte nichts heißen.

»Du bist übergeschnappt. Er ist kein Mensch mehr. Sein Körper steckt voller Würmer. Das Lebenssystem hat ihn überwältigt. Seine Bewegungen sind unkontrolliert, sein Verstand arbeitet nicht richtig. Sein einziges Ziel ist es, mich wehrlos zu machen.«

»Wieso redest du nur von dir? Betrifft es nicht auch mich?«

»Das weiß ich nicht. Ich denke, du bist so wie er. Nur auf andere Weise.«

»Sein Anblick hat dich um den Rest deines Urteilsvermögens gebracht, Seiko. Ich bin nicht befallen. Ich trage weder Keime noch andere Bestandteile von WELT in mir. Mein Anzug ist dicht, meine Luftversorgung funktioniert einwandfrei. Und ich achte darauf, daß ich immer genügend Abstand zu den Pflanzen einhalte.«

»Wenn du weißt, wie es um den Marsianer steht, wieso willst du ihn dann nicht zurücklassen?«

»Er muß untersucht werden. Vielleicht kann man ihm noch helfen. Irgendwie muß man die ›Würmer‹, wie du es nennst, wieder aus seinem Körper bekommen. Ich will Jellim in die HEWANORRA schaffen. Und du hilfst mir dabei!«

»Ich denke nicht daran. Keiner von euch wird das Schiff betreten, ohne nicht zuvor gründlich untersucht worden zu sein.«

»Von dir?«

»Von Medorobotern der Hanse, die bald zur Verfügung stehen werden.«

Die Hanse-Spezialistin steuerte auf die Septadimtechnikerin zu, aber Seiko wich ihr aus.

»Komm mir nicht zu nahe. Sonst vergesse ich mich.«

Eine Weile flogen sie schweigend nach Norden und folgten der Krümmung der Hohlwelt. Endlich deutete die Terranerin schräg nach vorn.

»Dort ist es. Das Lamellentor.«

Noch wirkte das Ziel undeutlich und leicht verwaschen, als betrachteten sie es durch einen dünnen Wasserfilm. Die spärliche Vegetation in seiner unmittelbaren Nähe führte dazu, daß sie nicht lange nach der Stelle suchen mußten. Langsam sanken sie nach unten und landeten auf dem mit winzigem Haargras bewachsenen Felsboden.

»Du kannst es dir noch überlegen«, sagte die Kommandantin. »Du weißt, daß meine Aussage reicht, dich vor ein Gericht zu bringen. Ich bin bereit, von einer Anzeige wegen Befehlsverweigerung Abstand zu nehmen, wenn du dich nach meinen Anweisungen richtest.«

Die Terranerin betete die Regeln für Ausnahmesituationen herunter, als habe sie alle auswendig gelernt. Sie verwies auf mehrere Fälle, die in den vergangenen Jahren vor irdischen Gerichten verhandelt worden waren.

»Wir befinden uns in einer solchen Ausnahmesituation«, fuhr sie fort. »Deine Befugnisse als Kommandantin gelten nur für den Bereich des Schiffes und die Dinge, die mit seiner Mission zusammenhängen. Hier im Asteroiden kannst du höchstens deine allgemeinen Befugnisse als Hanse-Spezialistin in die Waagschale werfen. Und das juckt mich nicht. Mein Arbeitgeber bis nicht du, sondern Homer G. Adams.«

»Einverstanden, Seiko. Dann agieren wir wie Gleichberechtigte und halten uns an die Regeln der Vernunft.«

»Das tue ich bereits die ganze Zeit. Du hast er nur nicht gemerkt. Meine Vernunft sagt mir, daß du nicht koscher bist. Ich war nicht dabei, als *es* geschah; du kannst mir keine Aufzeichnungen liefern. Also muß ich dich als infiziert betrachten, bis das Gegenteil bewiesen ist. Danach richte ich mich in Zukunft. Und du solltest es akzeptieren, auch wenn es dir schwerfällt.«

»Es fällt mir schwer. Warten wir es ab. Du kannst nur hoffen, daß du nicht irgendwann meine Hilfe brauchst. Du könntest den Zwiespalt in dir nicht auflösen. Wegen Unfähigkeit.«

Sie näherten sich dem Lamellentor von zwei verschiedenen Seiten. Die Membran unmittelbar davor ließ sich nur erahnen, nicht aber optisch fixieren. Madelaine Dorane bückte sich an der Stelle, an der Jellim a Cornu die Felsnadel abgelegt hatte.

»Halt!« Breitbeinig stand die Terranerin über ihr. »Zurück da!« Der schußbereite Strahler zeigte erneut auf die Hanse-Spezialistin.

»Ich wollte doch nur…«

»Das erledige ich. Geh zurück!«

Seufzend ergab sich Madelaine Dorane in ihr Schicksal. Sie entfernte sich zehn Schritte, während die Septadimtechnikerin die Felsnadel aufnahm und an sich preßte.

»Wir gehen gleichzeitig los und durchstoßen die Membran. Du bleibst drüben auf der rechten Seite. Ich komme von links. Und wehe, du rückst mir zu dicht auf den Anzug…«

»Was sollte schon passieren? Ich mache dir einen Vorschlag. Du schaltest deinen Schirm ab und gehst zuerst durch die Membran. Sobald du durch bist, folge ich dir auf dieselbe Weise.«

»Den Teufel werde ich tun.«

»Wie du willst. Dann eben gemeinsam.«

Zentimeter um Zentimeter bewegten sie sich vorwärts, jede auf ihrer Seite. Ein leichtes Flirren zeigte die Stellen an, wo die Schirmfelder die Membran berührten.

»Achtung, fertig, los!« kommandierte Seiko. Die Schirmfelder erloschen. Sie warfen sich vorwärts, durchdrangen die Membran und berührten die Lamellen des Tores. Sie pulsierten in bekannter Weise.

Hinter ihrem Rücken schloß sich die Membran. Madelaine Dorane wandte den Kopf und blickte zu der Terranerin hinüber.

»Mach schon. Wir haben ein Patt. Ohne Schirm sind wir beide verletzbar.«

»Wieso legst du plötzlich so großen Wert darauf, hier rauszukommen?«

»Tu ich gar nicht. Aber es ergäbe keinen Sinn, an dieser Stelle umzukehren.«

»Ich sollte dich zurücklassen.«

»Wozu? Ohne meinen Kode kommst du die nächsten tausend Jahre nicht in die HEWANORRA hinein.«

Seiko Konao hob die Felsnadel an und begann, die Lamellen zu kitzeln. Sie tat es in derselben Weise, wie sie es bei Jellim a Cornu gesehen hatte. Dabei heftete sie ihren Blick auf die Mitte, dort, wo sich die Öffnung bilden mußte.

Nichts geschah. Das Tor reagierte nicht, und sie wiederholte die Bewegung ein zweites und drittes Mal.

»Nichts ist so einfach, wie es aussieht. Wir brauchen Jellim.« Aus der Stimme der Hanse-Spezialistin klang deutlicher Spott. »Du solltest es mal in umgekehrter Richtung versuchen, dann entspricht es der Bewegung, die der Marsianer ausgeführt hat. Allerdings spiegelverkehrt.«

»Natürlich«, flüsterte Seiko. »Wieso bin ich nicht selbst darauf gekommen?«

»Woher soll ich das wissen?«

Die Terranerin versuchte es erneut, und dabei kam sie Madelaine Dorane gefährlich nahe. Diese verhielt sich kooperativ und rückte ein Stück zur Seite, ganz an den äußeren Rand des Tores.

Viermal, dann fünf- und sechsmal wiederholte Seiko ihre Bemühungen und ließ schließlich die Felsnadel sinken.

»Du hast völlig recht gehabt mit deiner Prophezeiung«, stimmte die Plophoserin ihr zu. »Hier kommen wir nicht mehr hinaus. Die Wracks sind ein deutlicher Beweis. Bei den Toren handelt es sich um Einbahnstraßen. Die Informationen der Zenossi sind falsch.«

Seiko Konao ließ die Felsnadel fallen.

»Wir versuchen es an einem anderen Tor. Los komm! Ich bleibe nicht länger hier, als es unbedingt nötig ist.«

»Jetzt plötzlich? Wieso findest du dich nicht damit ab, daß es einfach nicht geht?«

Die Hanse-Spezialistin schaltete ihr Funkgerät ein und versuchte, einen Kontakt nach draußen zu bekommen. Vielleicht befanden sich bereits Suchgruppen der Kosmischen Hanse in der Nähe.

Wieder blieb der Versuch erfolglos. Der Stollen war zu tief, und die Lamellen absorbierten garantiert den größten Teil der Funkwellen.

Sie kehrten durch die Membran in den Lebensbereich des hohlen Asteroiden zurück. Madelaine Dorane setzte sich auf den Felsboden und verschränkte die Arme. Seiko Konao stand eine Weile ratlos herum, daß ließ sie sich ebenfalls nieder.

»Und jetzt?« fragte die Hanse-Spezialistin. »Bist du jetzt schlauer als zuvor? Ich denke nicht.«

»Das geht dich nichts an. Misch dich nicht in meine Angelegenheiten!«

»Entschuldigung. Wenn es allein deine sind, kann ich ja gehen. Du trägst mir immer noch nach, daß ich dich eine Fehlbesetzung genannt habe. Damit kann ich leben und – sterben. Der Weg hinaus ist uns verwehrt. Also sollten wir uns langsam damit abfinden, hier zu überwintern. Die Zenossi können uns bestimmt manchen Tip geben.«

»Was schlägst du vor?«

»Du weißt es bereits. Wir haben nur eine Möglichkeit: den Marsianer holen und versuchen, ob er das Tor öffnen kann. Vielleicht reagiert es nur auf männliche Reize.«

Sie mußte über ihre eigenen Worte lachen. Und zu ihrem großen Erstaunen lachte die Terranerin mit.

»Also dann.« Seiko Konao erhob sich. »Machen wir uns auf die Suche.«

Sie verließen die Nähe des Lamellentores und kehrten dorthin zurück, wo Seiko den Hyperphysiker paralysiert hatte.

Der Platz war leer, und die beiden Frauen sahen sich an.

»Es war zu erwarten, Seiko. Bei ihm hält die Paralyse nicht so lange an wie bei einem Menschen.«

»Ja, das wird es sein. Schalt deinen Schirm ab, Madelaine.«

»Nein. Tut mir leid. Du mußt mir vertrauen, ohne die Paralyseprobe mit mir gemacht zu haben. Außerdem: Da ich deine Absicht kenne, kann ich mich totstellen, und du glaubst es dann.«

Die Septadimtechnikerin seufzte. Sie sehnte sich nach dem ruhigen Job in der HEWANORRA. Ein paar Risiken im Zusammenhang mit den neuen Gravitraf-Speichern waren wirklich ein Klacks im Vergleich mit dem, was sie in der Hohlwelt mitmachten.

»Ich bin am Ende mit meinem Interkosmo. Was sollen wir tun? Nach ihm suchen?«

»Ich halte es für sinnvoll, wenn wir uns an die wenden, die sich mit diesem Lebenssystem am besten auskennen«, antwortete Madelaine Dorane. »Irgendwie habe ich das Gefühl, daß uns die Zenossi weiterhelfen können.«

»Wie kommst du gerade in diesem Augenblick auf die?« Seiko Konao sprang auf und blickte an ihr vorbei. »Ich traue dir nicht, Plophoserin.«

Die Hanse-Spezialistin wandte sich um und folgte der Blickrichtung der Terranerin. Sie starrte auf die Büsche und Bäume im Hintergrund. Dort näherte sich eine Gestalt.

Ein Zenossi.

Sie hörten seine Stimme, und sie klang wie bei der ersten Begegnung. Der Zenossi rief: »Haiganaiga Naigahaiga!«

Im Gegensatz zur ersten Begegnung blieb der Zenossi in respektvoller Entfernung stehen. Dabei sagte er ununterbrochen seinen Namen auf.

Seiko Konao hob die Hand zum Gruß. »Du hast uns gefunden, Haiganaiga Naigahaiga. Was willst du?«

»WELT verändert sich. Ich führe euch zu meinem Volk.« Der Zenossi wandte sich um, ohne auf eine Antwort zu warten, und stapfte davon.

»He, das ist neu für uns!« rief Seiko ihm nach. »Willst du uns nicht sagen, was los ist? Was verändert sich?«

Der Zenossi schwieg. Sie rannten hinter ihm her und versuchten, mit ihm Schritt zu halten. Es gelang ihnen nicht, denn Haiganaiga Naigahaiga lief wie besessen und warf keinen einzigen Blick zurück.

Die beiden Frauen schalteten die Antigravs ein. Madelaine Dorane hob noch vor ihrer Aufpasserin ab. Einen halben Meter über dem Boden folgten sie dem Zenossi. Er führte sie durch eine langgestreckte Senke und auf die dahinter liegende Hochebene. Er überquerte sie und verschwand zwischen den Hügeln des Hinterlandes. Die Vegetation stand dicht an dicht, und die beiden Frauen stiegen höher in die Luft, um nicht mit den Bäumen und Büschen in Kontakt zu geraten.

Seiko Konao achtete mehr auf die Plophoserin als auf den Zenossi. Dieser hielt plötzlich an und setzte sich auf den Boden. Aus seinem Unterleib drängte ein dicker Strang und verschwand im Untergrund.

»Seine Symbiose ruft«, sagte Madelaine Dorane leise. »Wahrscheinlich erhält er Anweisungen.«

»Du wirst es nicht glauben, aber ich stimme dir zu.«

Überrascht blickte die Hanse-Spezialistin zu der Septadimtechnikerin hinüber.

»Bist du krank?« erkundigte sie sich.

»Sieht so aus. Du mußt alles tun, um dich nicht anzustecken.«

»Ich soll dir also weiterhin nicht zu nahe kommen.«

»Genau das will ich damit sagen. Nicht daß du denkst, ich hätte meine Bedenken abgelegt. Ich halte dich nach wie vor für eine von denen.«

Sie deutete auf Haiganaiga Naigahaiga, der seine Kommunikation mit WELT abschloß und sich erhob.

»Du denkst also, daß sie etwas mit Jellim und mir gemacht haben?«

»In der Zeit, als wir euch vergeblich suchten, ja. Und ich denke, daß ihr etwas mit dem Verschwinden des Triebwerksingenieurs zu tun habt.«

Madelaine Dorane lachte grimmig. »Das ist absurd, und du weißt das genau. Die Zenossi sind harmlos.«

»Sie sind Symbionten und führen die Befehle des Lebenssystems aus. Wenn WELT will, sterben sie. Und wir auch. Meine Konzentrate sind aufgebraucht. Es dauert nicht lange, dann werde ich mir Nahrung suchen müssen.«

Die Hanse-Spezialistin kehrte zum Boden zurück, ließ ein kleines Päckchen durch eine Strukturlücke fallen und entfernte sich.

»Nimm es«, sagte sie. »Es ist die Hälfte meiner Ration.«

»Sie ist verseucht. Behalte sie bei dir. Lieber verhungere ich.«

Die Plophoserin nahm das Päckchen wieder an sich und folgte dem Zenossi, der erneut davonrannte.

»Ein Drittel Weg ist hinter uns«, hörten sie ihn rufen.

Madelaine Dorane beachtete es kaum. Sie fragte sich, wie verbohrt Terraner und Terranerinnen waren. Zu glauben, daß die noch fest verpackten Konzentratwürfel aus der Einsatzration verseucht sein könnten, grenzte an Idiotie. Oder doch nicht? Glaubte Seiko allen Ernstes, daß sie mit weißen Fäden oder anderem durchsetzt waren? Wenn diese Einschätzung stimmte, dann hatte die Frau Angst. Todesangst?

Verdammt, dachte die Plophoserin. *Ich hätte es wissen müssen. Sie ist Wissenschaftlerin und besitzt längst nicht die psychische Konditionierung einer Hanse-Spezialistin. Sie hat durch den Anblick von Jellim einen Schock erlitten. Um ihn zu überwinden, braucht sie dringend psychologische Betreuung.*

So gesehen, bewahrheitete sich ihre Aussage, daß Seiko eine Fehlbesetzung war. Nicht im Bezug auf die Tests des Hyperkon-Systems. Wohl aber auf den Vorstoß in einen bisher unbekannten Bereich des Universums und auf die Konfrontation mit einer fremdartigen Variante der Evolution.

Haiganaiga Naigahaiga rannte jetzt auf allen Vieren durch das Lebenssystem. Er hinterließ eine nicht zu übersehende Spur, und er nahm keine Rücksicht auf Büsche und kleinere Pflanzen. Wie eine Dampfwalze pflügte er sich einen Pfad durch die Vegetation. Eine ganze Stunde lang. Dabei holte er mit Sicherheit alles aus seinem Körper heraus.

Endlich tauchten die bewährten Pflanzen-Iglus auf. Hier standen sie in vier Reihen unmittelbar an einem Abgrund. Irgendwann vor langer Zeit war ein Stück der Ebene abgebrochen und etwa vierzig Meter in die Tiefe gestürzt. Viel ließ sich von dem Vorgang nicht erkennen. WELT hatte daraus neue Erkenntnisse gewonnen und den Hang mit dichter Bepflanzung versehen. Die Erosion war gestoppt, die Zenossi lebten neben dem Steilabfall gemütlich und ohne Sorgen.

Haiganaiga Naigahaiga stieß einen lauten Ruf aus, informierte somit seine Artgenossen über die Ankunft. Das kleine Völkchen lief zusammen und versammelte sich. Die beiden Frauen landeten links und rechts neben ihm.

»Wir sprechen mit euch«, erklärte Haiganaiga Naigahaiga. »Wir haben einen Hinweis für euch.«

Seine Artgenossen verstanden die Worte als Signal und legten los. Gemeinsam und mit großer Hast begannen sie zu sprechen.

»WELT hat alle Öffnungen geschlossen. Das Wissen über die Existenz des Lebenssystems darf nicht nach draußen dringen. WELT hat euch und die anderen vor euch geprüft und ist zu dem Ergebnis gelangt, daß es eine Gefahr darstellt, wenn die Völker draußen von der Existenz des Systems erfahren. Die Störungen könnten in kurzer Zeit zum Untergang von WELT führen und damit auch zu unserem Untergang. Wir dürfen das nicht dulden. Deshalb setzt WELT euch eine Frist.«

Die beiden Frauen blickten sich an. Jede versuchte, durch die Helmscheibe der anderen hindurch die Gesichtszüge zu erkennen.

»Eine Frist wozu?«

»Dies wird euch der Bote sagen. Wir besitzen keine

Informationen darüber. Haiganaiga Naigahaiga wird euch zu ihm führen.«

Ruckartig und irgendwie marionettenhaft wandten sie sich um und kehrten zu ihren Iglus zurück. Nur ihr Begleiter blieb.

»Dies ist uns zu wenig«, hakte Seiko Konao nach. »Wir brauchen mehr Informationen. Wer ist der Bote? Was will WELT von uns? Es ist sinnlos, uns am Verlassen des Lebenssystems zu hindern.«

»Das alles wissen wir nicht. Der Bote ist angekündigt. Meine Aufgabe besteht darin, euch zum Treffpunkt zu bringen. Gibt es eine Möglichkeit, mit euch zu fliegen?«

Auch das wußten sie also.

»Ja. Wir können dich durch die Luft tragen. Du mußt uns nur sagen, in welche Richtung es gehen soll.«

»Dann fangt an. Die Zeit drängt. WELT steht kurz vor dem Aufruhr.«

Es rauschte zwischen den Büschen mit ihren großen dunkelroten Früchten. Madelaine Dorane erschrak und machte ein paar Schritte rückwärts. Ein Schatten tauchte vor ihr auf, aber es war nicht der Zenossi. Der lag nach wie vor draußen auf der Lichtung und erholte sich von dem Schwindel, der ihn beim Flug befallen hatte.

»Was willst du?« fuhr die Hanse-Spezialistin Seiko Konao an. »Nimm gefälligst die Waffe weg. Ich will ein paar Augenblicke für mich allein sein.«

»Ich vergewissere mich nur, daß du ebenso wie ich den Schirm eingeschaltet läßt. In einer identischen Situation ist bekanntlich Arno von Wolkenstein spurlos verschwunden. Es wäre bedauerlich, wenn es dir ähnlich erginge.«

Die Plophoserin hob die Hand. »Was war das? Hast du das auch gehört?«

»Nein, was?«

»Es klang wie das Jaulen eines Hundes. Da ist es wieder.«

»Du hörst Gespenster. In WELT gibt es keine Hunde und auch kein Jaulen.«

Die Hanse-Spezialistin schwieg. Ihr geschultes Gehör ließ sich nur selten täuschen. Sie wandte sich um und kehrte auf die Lichtung zurück. Haiganaiga Naigahaiga lag am Boden. Er hielt die Augen offen.

»Hast du es gehört?« fragte Madelaine ihn.

Er bejahte. »Es ist WELT. Ihr habt euch nicht in das Lebenssystem integriert. Wir leiden unter den Folgen. Welch ein Glück, daß die Öffnungen geschlossen sind.«

»Was denkst du, was wir tun sollen?«

»Es ist zu spät. Hättet ihr euch uns angeschlossen, gäbe es keine Störung im Lebenssystem. So aber wissen wir nicht, wie viele von uns sterben müssen, bis es überstanden ist.«

»Bis was überstanden ist?«

»Die Me...« Haiganaiga Naigahaiga bäumte sich auf, erbrach den Inhalt seines Magens und erstickte daran. Madelaine Dorane schaltete sofort den Schirm ab und wuchtete den Körper auf den Rücken. Sie schlug ihm gegen den Hals und begann, seine insektoiden Glieder zu bewegen. Es half nichts. Die Facettenaugen wurden grau, und aus den Atemöffnungen lief ein schwarzes Sekret. Langsam ließ sie den Körper zu Boden sinken.

»Er ist tot.« Sie brauchte sich nicht umzudrehen, um festzustellen, daß die Mündung eines Strahlers auf sie zeigte. »Keine Angst. Es sind keine Würmer und keine weißen Fäden von ihm auf mich übergesprungen. Ich schalte auch sofort wieder den Schirm ein. So. Zufrieden?«

Sie erhob sich. Noch immer zielte die Waffe auf sie.

»Was soll das?« fuhr sie die Terranerin an. »Du hättest mich erschießen können. Ich war wehrlos. Warum hast du es nicht getan?«

»Ich weiß es nicht. Vielleicht kann ich es nicht. Aber du solltest an deiner Stelle daraus keine voreiligen Schlüsse ziehen.«

»Ich werde in Zukunft besser auf mich aufpassen. Was machen wir mit Haiganaiga Naigahaiga?«

Die Mündung des Strahlers wanderte an ihr vorbei und deutete auf den Boden.

»Da gibt es nichts zu machen.«

Die Wurzel, die jeden Zenossi mit WELT verband, wann immer WELT das wünschte, schob sich über den Boden und drang mit der Spitze in ihn ein. Gleichzeitig schrumpfte der Körper Haiganaiga Naigahaigas, als ihm der Strang die Flüssigkeit entzog. Augenblicke später zerfiel der Körper zu Staub und blättrigem Chitin. Das Goldbraun verblaßte und nahm eine mattschwarze Farbe an. Der Boden sog die Überreste auf. Innerhalb von zwei Minuten deutete nichts darauf hin, daß an dieser Stelle soeben ein Wesen gestorben war.

»Die perfekte Symbiose, findest du nicht?« Seikos Stimme klang rauh und aggressiv. »Kann uns jederzeit auch passieren. Bei dir geht es garantiert schneller als bei mir. Schließlich bist du der idealen Symbiose näher als ich.«

»Du redest irre. Nimm endlich die Waffe weg.«

»Ich werde dich töten, wenn du auch nur eine ungeschickte Bewegung machst. Du hast schon einmal versucht, meiner Inpotronik den Befehl zum Ausschalten des Schirms zu geben. Seither erledige ich alles manuell. Ich traue dir jede Schandtat zu. Je länger ich darüber nachdenke, desto deutlicher wird es, daß Jellim und du unter einer Decke stecken. Ihr habt euch gemeinsam auf mich geworfen. Ihr wolltet mich in die Symbiose zwingen. Das ist die Wahrheit. Warum gibst du es nicht zu?«

»Weil es nicht stimmt, du dumme Ziege.« Madelaine Dorane machte Anstalten, sich auf die Terranerin zu stürzen. Seiko Konao löste sofort die Waffe aus. Die Energien prallten am Schutzschirm ab, aber die Wucht des Aufpralls warf die Hanse-Spezialistin rückwärts zu Boden.

»Ich hatte dich gewarnt!« schrie die Septadimtechnikerin sie an. »Eine falsche Bewegung, und ich schicke dich zur Höl...«

Sie stürzte und lag plötzlich selbst am Boden. Um sie herum schlugen abgerissene Äste der benachbarten Bäume ein. Der Boden begann zu zittern und sich hin und her zu bewegen. Gleichzeitig hob und senkte er sich in unregelmäßigen Abständen. Aus dem Gras schoben sich Greifer aus verschiedenen Pflanzenfasern und versuchten, die Beine der beiden Frauen zu erreichen. Sie verkohlten an den Schirmfeldern und zogen sich hastig in den Untergrund zurück.

»Da hast du deine Hölle.« Die Hanse-Spezialistin startete und brachte sich nach oben in Sicherheit. Seiko Konao wollte ihr folgen, aber drei Bäume katapultierten sich aus dem Untergrund in die Höhe, beschrieben eine annähernd ballistische Flugbahn und landeten mit lautem Pfeifen und Quietschen auf der Terranerin. Es zischte und dampfte, als das Schirmfeld die Fasern verkohlte und in gasförmige Bestandteile auflöste. Die Masse der Stränge klumpte jedoch zusammen; sie bildeten einen undurchdringlichen Kokon, in dem sich das Produkt der Verdampfung staute. Die inzwischen durch den Schmelzprozeß luftdichte Hülle blähte sich auf und platzte nach einer Weile mit einem lauten Knall. Die Septadimtechnikerin wurde davongeschleudert und landete unsanft im Gebüsch, das sich sofort über sie hermachte.

»Beachte ihre Aggressivität«, rief Madelaine Dorane. »WELT befindet sich in Aufruhr. Erwartest du, daß ich dir aus dem Schlamassel helfe wie schon einmal? Ich bin doch nicht blöd. Statt Dank ernte ich von dir doch nur Beschuldigungen. Dir traue ich zu, daß du mich zum Verursacher der Angriffe stempelst. Und dazu bin ich mir eigentlich zu schade.«

In dem Knäuel, das um sich schlagendes Dickicht und die Terranerin bildeten, blitzte es auf. Seiko Konao setzte kurzerhand ihre Waffe ein und befreite sich selbst. Im nächsten Augenblick schoß sie in die Höhe und brachte zwanzig Meter zwischen sich und die Vegetation.

»Ich brauche noch ein wenig Zeit«, keuchte sie. »Noch kann ich dich nicht einordnen. Du unterscheidest dich von Jellim a Cornu und den Zenossi. Und doch verwette ich meinen Helm darauf, daß du längst zum Lebenssystem gehörst. Du bist ein Sklave von WELT.«

»Das sagst du mir nicht zum erstenmal. Durch Wiederholung wird es nicht wahrer.«

»Und doch weiß ich, daß es die Wahrheit ist und du diejenige bist, die lügt. Es hat keinen Sinn, mir etwas vorzumachen, Madelaine Dorane.«

Unter ihnen wogte die Vegetation. Der Vorgang betraf nicht nur die Lichtung und die Pflanzen um sie herum. So weit sie blicken konnten, befand sich das System im Aufruhr. Der Zenossi hatte die Wahrheit gesagt.

Aber warum war es so? WELT hatte siebenundsechzig Besatzungsmitglieder der AUTUN DE HARRAS in das Lebenssystem integriert, tot oder lebendig. Der Marsianer befand sich bereits unter der Kontrolle der Pflanzen. Arno von Wolkenstein vermutlich auch. Wo lag der Unterschied?

»Es muß mit den beiden zusammenhängen. Mit Arno und Jellim«, zischte Seiko. Die Worte versöhnten die Hanse-Spezialistin von Plophos ein Stück mit der Terranerin.

»Irgend etwas haben die beiden angestellt. Und wir dürfen es ausbaden. He, was ist das?« Sie deutete nach links hinüber. »Sag mir, daß ich spinne. Das darf es nicht geben! Nein!«

Jetzt sah auch Madelaine Dorane das Gespenst, das aus dem Boden wuchs und dann in ihre Richtung marschierte. Es handelte sich um einen nackten Mann, und er besaß einen weißen, völlig blutleeren Körper.

Seiko schrie wie am Spieß.

Madelaine keuchte und spürte, wie sich ihre Gedanken verwirrten. Mit äußerster Konzentration gelang es ihr, die Ruhe zu bewahren.

Dieses Gesicht! Naturgetreu nachgebildet.

»Jellim!« brüllte Seiko Konao. »Tu uns das nicht an, Jellim. Verschwinde! Geh weg! Laß uns in Ruhe!«

Jellim a Cornu tat ihr den Gefallen nicht und winkte zu ihr empor.

»Hallo, Seiko, hallo, Madelaine«, sprach er deutlich und klar in das Toben der Vegetation hinein. »Arno schickt mich, euch abzuholen. Bitte beeilt euch. Es bleibt nur wenig Zeit.«

11.

Mit der Wärme hielt die Geborgenheit Einzug. Er hörte auf zu frösteln und hielt nach der Ursache der Temperaturänderung Ausschau. Um ihn herum flirrte die Luft in einem leichten Schauer. Vage erkannte er, daß sich der Vorhang zusammenzog und sich dem Kraterrand mit dem Riesenei näherte. Ein stetiges Wogen des durchsichtigen Gebildes erzeugte einen Lufthauch, und dieser Hauch brachte die Wärme.

Arno von Wolkenstein lehnte sich enger an die Substanz des Zentrums und ließ das hektische Pulsieren auf sich einwirken. Diesmal brachte es seinen Kreislauf nicht durcheinander, ja, er hatte sogar den Eindruck, als versuche WELT, seinen Rhythmus dem des Gastes anzupassen. Es hatte so lange keinen Sinn, wie der Vorgang einseitig bleib.

Der Olymper schloß die Augen. Er atmete noch immer flach und entspannte sich, so gut es ging. In seinem Innern tobten die Empfindungen. Einerseits reizte ihn die Vorstellung, den Körperkontakt zum Zentrum des Lebenssystems herzustellen. Andererseits fürchtete er sich davor und überlegte, wieviel in diesem Fall das Feilschen brachte. Doch wie sollte er mit einer fremden Intelligenz um Dinge feilschen, die sie nicht verstand? Ließ sich sein Wunsch überhaupt erfüllen, so etwas wie eine Zwitterrolle zu übernehmen und nicht ständig durch einen im Körper integrierten Strang an die Symbiose gebunden zu sein wie die Zenossi?

Er wußte so wenig über WELT und das Lebenssystem. Das unterschied ihn von Jellim. Den Marsianer konnte man dafür äußerlich nicht mehr als Menschen bezeichnen. Lediglich sein menschliches Bewußtsein war erhalten geblieben. Zumindest schien es so. Vielleicht erhielt er ein zweites dazu, das von WELT.

Zwei Bewußtseine in einem Körper aus lauter weißen Fäden – die Vorstellung überstieg die Kraft des Triebwerksingenieurs. Er begann zu zittern, und es übertrug sich auf die Oberfläche des Zentrums. Das pulsierende Ei erhöhte die Temperatur weiter, und der Vorhang näherte sich dem Kraterrand und schloß ihn ein. Wenn Arno von Wolkenstein die Luft ausstieß, bildete der Luftdruck Dellen in der dünnen und trotzdem stabilen Haut.

Eine Membran schloß die Grotte ein, und eine Membran

schützte das Lamellentor beziehungsweise alle Tore, die es gab. War es die Eihaut dieses riesigen Organismus', oder handelte es sich um zwei völlig verschiedene Erscheinungen? Gab es einen unmittelbaren genetischen Zusammenhang zwischen dem Zentrum und den Ausgängen ins All?

Der Vorhang klatschte in sein Gesicht. Das Material fühlte sich weich und trocken an. Die Berührung ließ es nicht platzen, dafür begann seine Haut zu brennen.

Etwas zupfte an seiner Unterwäsche. Aus geweiteten Augen verfolgte er, wie sich in der Oberfläche des Eies Pseudopodien bildeten, kleine Hände mit neun messerscharfen Krallen. Sie zerschnitten das Material in winzige Quadrate und schleuderten es davon. Etage um Etage arbeiteten sie sich abwärts, bis die letzten Fetzen von allein abfielen.

Nackt und hilflos stand der Olymper am Kraterrand und blickte an sich hinab. Viel war nicht übrig vom Stolz der alten Freihändler, von denen er sich mütterlicherseits herleitete. Und es fehlte nicht viel, und er hätte die Nerven verloren. Tief sog er die Luft in seine Lungen; fast übergangslos befiel ihn wieder Euphorie.

»Gestern noch standen wir am Rand des Kraters«, murmelte er. »Heute sind wir einen Schritt weiter.«

Den blaugrünen Strang, der aus dem Zentrum hervorwuchs, sah er nicht. Als er die Berührung zwischen den Beinen spürte, zuckte er zusammen.

»Nein!« Sein Schrei schlug vom Vorhang zurück, brach sich am Ei und taumelte halb gebrochen in seine Ohren.

»WELT fordert dich zur Symbiose auf«, hatte Jellim a Cornu gesagt. »Tu es. Du bis intelligenter als ich.«

Der Marsianer hatte ihm keine Antwort auf seine Frage gegeben, was er mit seinen Worten genau meinte. Welche Bedeutung besaß höhere Intelligenz in einer derart außergewöhnlichen Situation?

Die Erkenntnis traf ihn wie ein Schlag.

Es ist soweit. Du kannst jetzt nicht mehr zurück. Und wenn du es versuchst, wird WELT dich mit allem bekämpfen, was sie hat.

Die Berührung schmerzte nicht. Ein leichtes, kaum merkliches Kitzeln, das an seinen Beinen hinablief und in den Zehenspitzen endete. Die Fußnägel hoben sich ein wenig an, als wollten sie sich aus dem Nagelbett lösen. Durch die stark behaarten Unterschenkel lief ein Kribbeln.

Er stützte sich mit den Unterarmen am immer hektischer pulsierenden Ei ab und stellte fest, daß er ein Stück in das Gewebe einsank.

Einen Augenblick lang sah er den halb im Boden versunkenen Toten der AUTUN DE HARRAS vor sich. Erneut klatschte der Vorhang in sein Gesicht und wies ihn mit Nachdruck darauf hin, daß er sich gefälligst auf wichtigere Dinge konzentrieren sollte.

Das Zentrum nahm ihn in sich auf, bis nur noch die Vorderseite seines Körpers und der Kopf aus dem Pflanzengewebe herausragte. Zwischen den Beinen lief der blaugrüne Strang nach unten, der seinen Körper auf unbegreifliche Weise mit WELT zu verbinden begann.

Es tat noch immer nicht weh. WELT arbeitete vermutlich mit einem Stoff, der wie eine Betäubungsspritze wirkte. Oder der Vorgang verlief derart subtil und feinfühlig, daß es nicht zu einer Reizung der Nerven kam.

Hitze durchflutete seinen Körper. Sie verteilte sich sanft nach allen Seiten.

Kannst du mich hören? dachte der Olymper. *Bist du bereits in der Lage, meine Gedanken zu erkennen? Oder gestaltet sich die Kommunikation auf einer völlig anderen Ebene?*

Er ahnte nicht, daß es noch ein weiter Weg bis zum Erstkontakt war. Doch das erfuhr er erst viel später.

Das Brennen in seinem Gesicht ließ langsam nach. Dafür

begannen seine Augenlider zu jucken; er verdrehte die Augäpfel und preßte ein paar Tränen hervor, um die Netzhaut besser anzufeuchten.

Der Vorhang schien seine Aufgabe erfüllt zu haben. Unter deutlich sichtbaren Schwingungen zog er sich an den Rand der Grotte zurück, wo er hingehörte. Die Luft kühlte wieder ein wenig ab, und die hohe Konzentration an Sauerstoff tat dem Olymper gut. Sein Puls ging regelmäßig, sein Atem war normal. Er hustete, und seine Ohren übertrugen es laut und klar, fast deutlicher als früher. Zudem nahm seine Sehschärfe zu. Das, was er vom Rand der Grotte bisher nur verwaschen wahrgenommen hatte, erschien ihm übergangslos scharf und in allen Einzelheiten. Seine Sinne steigerten ihre Leistungsfähigkeit, und das Pulsieren des Zentrums verwandelte sich in ein beständiges Pochen und Anklopfen.

Mit einem Anflug von Sarkasmus dachte er ›Herein!‹, aber dann verging ihm schlagartig jede Art von Humor.

WELT beschleunigte die Integration seines Körpers in das Lebenssystem, und Arno von Wolkenstein drohte das Bewußtsein zu verlieren.

»WELT fordert dich zur Symbiose auf«, prägte er sich nochmals Jellim a Cornus Worte ein. »Tu es. Du bis intelligenter als ich.«

Plötzlich wußte er auch, wie es gemeint war. Er durfte sich von WELT nicht unterkriegen lassen, keine simple Symbiose eingehen. Eine diffuse Ahnung beschlich ihn, wie der Marsianer das mit der Intelligenz gemeint haben könnte. Jellim a Cornu war dem Lebenssystem unterlegen. Dies mußte nicht unbedingt der Regelfall sein.

Versuch den Spieß umzukehren! zuckte ein Gedanke durch sein Gehirn.

Dazu durfte er allerdings nicht bewußtlos werden. Der Mann von Olymp begann zu kämpfen.

Etwas bewirken, das war es, was ihn reizte. Die Aussichtslosigkeit seines Bemühens vor Augen, wäre er nicht in der Grotte geblieben. So aber…

Mühsam kämpfte er gegen die Nacht, die sich über seinen Geist senken wollte. Unter höchster Konzentration schaffte er es, bei Bewußtsein zu bleiben. Sein Körper verwandelte sich in ein elektrisches Feld. Wenigstens hatte er diesen Eindruck. Überall rieselten starke elektrische Impulse, folgten den Nervenbahnen, rannen die Beine hinab und nach oben bis unter die Kopfhaut. Auf Atmung und Pulsschlag hatte es keinen Einfluß, aber da wußte Arno von Wolkenstein sowieso nicht, ob es sich wirklich noch um seinen eigenen Rhythmus handelte oder ob sein Körper nicht längst in dem des Zentrums pulsierte. Eine Rolle spielte es höchstens auf Dauer, denn vom Tempo hing auch die Lebensdauer ab. Zumindest beim Menschen. Für WELT gab es andere Maßstäbe.

Etwas schien in seinem Körper zu explodieren. Selbst die kleinsten Muskelfasern protestierten, Arno warf sich hin und her. Er bildete sich ein, es zu tun. In Wahrheit aber steckte er mit Ausnahme des Kopfes fest und konnte sich nicht rühren.

Energien durchflossen ihn. Sie fluteten durch das Gewebe, und es kam ihm vor, als prüfte WELT seinen Körper auf dessen Belastbarkeit. Gleichzeitig wühlte etwas in seinem Kopf, zündete dort Sprengsätze oder entfachte Feuer. Das neuronale Netz seines menschlichen Leibes erwachte zu ungewohntem Leben. Es breitete sich aus, erhielt zusätzliche Energie und arbeitete mit einer Intensität, die das Gehirn fast nicht aushielt.

Der Olymper wehrte sich dagegen. Er spürte, daß die Belastung in kurzer Zeit zu einem Zusammenbruch führen konnte, der endgültig war. Dann gab es keine Möglichkeit mehr, auf WELT einzuwirken. Das Zentrum würde den toten Körper abstoßen oder auflösen und seine Bestandteile sinnvoll verteilen.

Er versuchte, seine Konzentration zu variieren und Einfluß auf den Blutdruck zu nehmen. Es gelang ihm leichter als früher, und er lauschte verwundert den Reaktionen seines Körpers. Mit Leichtigkeit setzte er seinen Pulsschlag herab, versetzte sich für ein paar Sekunden in Halbschlaf und ging dann wieder auf normale Leistung. Hastig nahm er die Änderung ein zweites Mal vor. Die Symbiose verlieh ihm neue Fähigkeiten, und sie stand erst am Anfang.

Gleichzeitig aber nahm auch der nervliche Druck in seinem Innern zu. Er merkte es an den sich weiterhin austobenden Entladungen, an zuckenden Muskeln und flatternden Augenlidern. Der Strang in seinem Unterleib wuchs und wurde dicker; an seinem Nacken fingerten kleine Greifhände und bohrten winzige Finger in seine Haut und das Fleisch.

Arno von Wolkenstein verlor jegliches Zeitgefühl. Auch der Bezug zu sich selbst ging zu einem Teil verloren, obwohl er sich mit aller Geisteskraft dagegenstemmte. Das, was sich ereignete, vermochte er mehr mit seiner Fantasie als mit seinen Sinnen zu erkennen. Über den Strang und das neuronale Netz seines Körpers entstand langsam eine Verbindung. Ähnlich mußte es bei den Zenossi sein. Vielleicht nicht so intensiv, denn diese lebten unabhängig vom Zentrum und knüpften nur ab und zu Kontakt zu den Informationsknoten.

Sein Körper schwoll an, doch das war sicher Einbildung. Er bog den Kopf nach unten und beobachtete. Die Proportionen seines Rumpfes und der Gliedmaßen änderten sich nicht. Dennoch hatte er das Gefühl, beständig größer und größer zu werden. Im Eiltempo wuchs er an und füllte bald den gesamten Raum innerhalb des Kraterrandes aus.

Arno von Wolkenstein begriff, was vor sich ging: Sein Körper erreichte die vollständige Integration in das Riesenei. Sein Gehirn verarbeitete alle neuronalen Eindrücke, die das Gebilde erzeugte oder erhielt. Das Zentrum war jetzt sein Körper, *er* war das Zentrum. Die körperliche Anpassung war vollzogen, nur die geistige fehlte noch.

Unabsichtlich gerieten der abgelegte Schutzanzug und der Handstrahler in sein Blickfeld. Er rätselte Sekunden lang, worum es sich dabei handelte. Schließlich fiel es ihm ein und zeigte die Gefahr auf, in der er sich befand.

Wehr dich! redete er sich ein. *Du darfst nicht zulassen, daß dein Gedächtnis zerstört wird.*

Er konzentrierte sich auf einen Teil seines vergrößerten Körpers und versuchte, dort das Pulsieren zu verstärken. Es gelang ihm, er konnte die Veränderung sehen. Gleichzeitig jagte Hitze durch seinen Körper. Er blockte ab, steuerte mit seinem Gehirn bestimmte Nervenknoten und setzte ihre Aktivität herab. Die Hitze verschwand, und der Olymper jubelte. Er schaffte es. Er steuerte den Organismus und vermochte, Einflüsse von außen abzublocken.

Und er spürte, wie das Zentrum versuchte, seinen Körper abzustoßen. Es kostete ihn mehrere Versuche, bis er es schaffte, das zu verhindern. Als Folge geriet das Riesenei in eine Taumelbewegung, und zum ersten Mal vernahm er ein leises Raunen in seinem Geist und unterschied mit etwas Fantasie ein paar Gedankenfetzen.

WELT – ist – stärker – WELT – lenkt – dich.

Jetzt gab es für den Olymper keinen Zweifel mehr daran, daß es sich bei WELT um eine intelligente Lebensform handelte. Alles vorher, selbst die Worte aus Jellims Mund, hätte ein Irrtum sein können.

Dies hier nicht.

Du bist ein Organismus auf Pflanzenbasis, dachte er intensiv. *Natürlich hast du die Zenossi und die Wesen untersucht, die unmittelbar vor uns eingetroffen sind. Du hast den Unterschied erkannt und dir das Wissen aus ihren Gedanken geholt. Wer von uns stärker ist, muß sich erst noch herausstellen.*

In seinem Kopf setzte ein Ziehen ein. Feine Fäden aus Pflanzengewebe versuchten, sich durch den Schädel zu bohren. Er suchte die Stelle in seinem großen Körper und ließ den Bereich um seinen Kopf herum absterben. Ein Aufschrei des Zentrums folgte.

Siehst du. Macht hat nicht nur etwas mit Größe zu tun, sondern auch mit Intelligenz.

WELT – vernichtet – dich, kam zurück.

Die Aufforderung zur Symbiose war ein Fehler, WELT. Du hast es erkannt. Aber du kannst es nicht rückgängig machen. Erkenne deine Chance. Sie liegt in der Zusammenarbeit.

WELT – ist – einzigartig – und – bleibt – es.

Dann versuch mich loszuwerden.

Nichts geschah, und das machte Arno von Wolkenstein stutzig. Er beobachtete mit seinen Augen und stellte fest, daß die Flüssigkeit in den Hauptsträngen nur noch in einer Richtung lief, nämlich auswärts. WELT schickte Informationskontingente hinaus in das Lebenssystem. Er begann zu suchen und entdeckte die für die Fließrichtung verantwortlichen Teile des Zentrums. Mit neuronalen Impulsen stoppte er den Fluß, doch WELT machte den Stop sofort wieder rückgängig. Gleichzeitig versuchte der Organismus, den Strang aus seinem Körper zu entfernen. Es gelang ihm nicht, denn der Olymper schickte gegenteilige Signale und preßte zusätzlich die Beine eng zusammen. Gleichzeitig schaltete er die Hauptstränge wieder ab. Die Befehle dazu erneuerte er ununterbrochen.

WELT besaß keinen Einfluß mehr auf sein Kommunikationssystem.

Tod, klang es in von Wolkensteins Gedanken auf. *WELT – tötet – dich.*

Du besitzt kein Ich-Bewußtsein, nur ein allgemeines Bewußtsein. Deshalb bin ich dir überlegen. Ich biete dir nicht nur die Symbiose an, sondern auch die Partnerschaft. Mit allen Konsequenzen. Begreifst du?

WELT ignorierte seine Gedanken. Der Organismus aktivierte alle Möglichkeiten, die ihm blieben. Das gesamte Lebenssystem begann gegen den Symbionten zu kämpfen, der nach der Kontrolle strebte.

Jellim, komm zu mir, sandte er eine Botschaft in farbiger Flüssigkeit durch die Hauptstränge. *Ich brauche dich.*

Und Jellim a Cornu kam. Der Körper aus weißen Fäden näherte sich, blieb aber außerhalb des Vorhangs stehen.

»Du willst mit den Frauen sprechen, richtig?« fragte er.

»Richtig«, bestätigte von Wolkenstein. »Beeil dich. WELT nimmt den Kampf auf und riskiert dabei die Existenz des gesamten Systems.«

12.

Seiko blieb zurück. Sie flog hoch droben und damit außer Reichweite der tobenden Vegetation. Madelaine Dorane hingegen hielt sich bei Jellim a Cornu oder dem, was aus dem Marsianer geworden war. Dort, wo er ging, beruhigte sich das Lebenssystem. Die Bäume und Büsche erstarrten, und der Boden stellte sein Wogen ein.

»Bitte beeilt euch«, wiederholte das Gespenst. Es wandte den Kopf und blickte sie aus weißen Augen in einem weißen Gesicht an. »Seiko, bitte reiß dich zusammen.«

»Du hast mir nichts zu sagen«, widersetzte sich die Terranerin. »Laß mich in Ruhe!«

Jellim a Cornu begann zu rennen. Eigentlich war es mehr ein Gleiten. Er bewegte die Füße über den Untergrund, und gleichzeitig schien sich der Pflanzenteppich nach hinten zu schieben.

»Es geht nicht um mich«, beteuerte das Wesen mit klarer Stimme, die eindeutig dem Marsianer gehörte. »Es geht um euch und um Arno. Er will euch sehen. Es muß schnell gehen. Viel Zeit ist nicht mehr.«

»Der Olymper kann mir gestohlen bleiben. Ich tue, was ich will.«

»Bitte, das ist deine Entscheidung.«

Sie erreichten einen Hügel mit ausgesprochen gleichmäßiger Form. Das Wesen, das einst Jellim a Cornu gewesen war, blieb stumm stehen und drehte sich um.

»Kommst wenigstens du mit?«

Die Hanse-Spezialistin nickte. »Ja, ich will ihn sehen.«

»Gut. Laß deinen Schutzschirm eingeschaltet, damit die weißen Fäden sich nicht auf dich stürzen. In ihrer ursprünglichen Form besitzen sie keine Intelligenz. Sie erhalten sie erst durch Umwandlung anderer Lebensformen. Sie zersetzen deren Körper und übernehmen ihr Bewußtsein.«

»Ich habe mir so etwas schon gedacht«, versetzte Madelaine. »Daß dein Bewußtsein noch das alte ist, läßt sich nicht verbergen.«

Jellim a Cornu lachte. »Wenn du jetzt nicht dein Schirmfeld in Betrieb hättest, würde ich dich umarmen. Keine Angst. Die Fäden, aus denen mein Körper besteht, sind vollständig mit meinem Bewußtsein erfüllt. Sie stürzen sich nicht auf andere Lebewesen. Sie haben ihr Ziel schon erreicht. Aber die Milliarden anderen, von denen WELT voll ist ...«

Dicht neben seinen Füßen öffnete sich der Boden. Der Marsianer stürzte in die Tiefe. »Kommt endlich! Es besteht keine Gefahr.«

Die Hanse-Spezialistin warf einen letzten Blick zurück zu der Terranerin. Seiko schwebte noch immer zehn Meter entfernt.

»Du kannst ja auf mich warten. Wenn nicht, ist es auch egal. Ich finde mich auch allein zurecht.«

An der Körperhaltung und den Bewegungen der Hände sah sie, wie schwer es Seiko Konao fiel, eine Entscheidung zu treffen. Bestimmt dachte sie in diesem Augenblick an eine Falle, die sie ihr zusammen mit Jellim stellte. Und natürlich mit Arno.

Die Septadimtechnikerin vergewisserte sich, daß ihr Schirmfeld einwandfrei funktionierte. Dann folgte sie Madelaine Dorane, die bereits in die Tiefe sank. Fünfzig Meter legte sie ungefähr zurück, bis sie auf Jellim a Cornu stieß. Er lehnte an mehreren Pflanzensträngen und erwartete sie. Er deutete in einen geräumigen Korridor hinein.

»Ich habe bereits Bescheid gesagt, daß ihr kommt. Arno freut sich.«

Die Hanse-Spezialistin rückte ein wenig zur Seite, damit Seiko landen konnte.

»Ich will ihn nicht sehen«, stieß die Terranerin hervor. »Dein Anblick ist schlimm genug, Jellim.«

»Dieser Körper hat viele Vorzüge gegenüber dem alten. Er besitzt nicht dessen tierische Verhaltensweisen, und er ist sehr langlebig.« Das letzte Wort betonte er eigenartig.

»Nur langlebig?« hakte Madelaine Dorane nach. »Oder mehr?«

»Die Fäden sterben nach einer gewissen Zeit ab. Aber es sind immer genug als Ersatz vorhanden. Ich muß nur den Teil des Bewußtseins übertragen, die alten Fäden abstoßen und die neuen integrieren.«

»Damit bist du sozusagen unsterblich.«

»Ja. Solange WELT existiert, werde auch ich existieren. Du siehst also, ich habe ein gewachsenes Interesse daran, daß WELT auch in Zukunft so gedeiht wie bisher. Ohne Störungen von außen. Ohne Scharen von Wissenschaftlern und Robotern, die sich auf das Lebenssystem stürzen.«

»Das ist deutlich genug. Ich werde alles tun, was in meinen Kräften steht.«

»Dafür danke ich dir. Und pass' gut auf Seiko auf. Sie ist imstande und setzt alles aufs Spiel.«

Die Plophoserin nickte wortlos und folgte Jellim a Cornu in den Korridor hinein. Dafür ereiferte sich die Terranerin.

»Ich kann gut auf mich selbst aufpassen. Und ich habe keine Lust, mein Leben um einen solchen Preis zu verlängern. Ich werde mir mit Gewalt einen Weg in die Freiheit schaffen. Ihr könnt von mir aus gern hierbleiben.«

»Ach, jetzt zeigst du also dein wahres Gesicht. Erst bist du doch immer als Hüterin dieses Heiligtums aufgetreten und hast uns bei jedem Nieser auf die Konsequenzen für das Lebenssystem aufmerksam gemacht.«

»Die Lage hat sich grundlegend geändert.«

»Das wird sie auch weiterhin tun.«

Der Marsianer blieb stehen und deutete nach vorn. Sie blickten in eine weiträumige Grotte und sahen das riesige, pulsierende Ei in der Mitte, das aus einem Krater ragte.

»Vorsicht, unmittelbar vor euch befindet sich eine Haut. Sie schützt die Luft in der Grotte. Am besten durchquert ihr sie ganz schnell und geht hinüber zum Zentrum. Arno erwartet euch.«

»Wo?« fragte Seiko patzig. »Ich kann ihn nirgends sehen.«

»Das liegt am Licht und seiner Wirkung auf menschliche Augen. Ich kann ihn gut sehen und vor allem riechen.«

Die Terranerin stieß einen leisen Schrei aus und wich vor dem Wesen Jellim a Cornu zurück.

»Du bist ein Ungeheuer. Was hast du mit ihm gemacht?«

»Nichts. Es war seine freie Entscheidung. Ich habe nicht nachgeholfen. WELT hat ihn gerufen und zur Symbiose aufgefordert. Arno von Wolkenstein hat die Herausforderung angenommen. Aber jetzt geht zu ihm. Für Wesen wie mich gibt es leider keinen Zugang zur Grotte. Die weißen Fäden können die Haut nicht durchdringen.«

Entschlossen machte Madelaine Dorane zwei Schritte nach vorn und durchquerte die Haut. Der Vorgang erinnerte sie an das Lamellentor und die durchsichtige Membran. Der Unterschied bestand darin, daß es hier keinen Sog gab. Sie entfernte sich ein Stück und blieb dann stehen, um auf Seiko zu warten.

Die Terranerin ließ sich viel Zeit. Für jeden Schritt brauchte sie eine halbe Minute. Als sie endlich neben der Plophoserin stand, hatte diese den Eindruck, als bebe der Körper der Terranerin.

»Ich sehe ihn«, flüsterte Seiko Konao. »Es ist schrecklich.«

Sie rannte plötzlich los, auf das Riesenei zu. Madelaine Dorane folgte ihr hastig. Sie rechnete damit, jederzeit eingreifen zu müssen, falls Seiko sich zu einer unbedachten Handlung hinreißen ließ.

Zehn Schritte vor dem Kraterrand bleib die Terranerin plötzlich stehen und begann zu schluchzen. Und dann weinte sie.

Madelaine Dorane stockte der Atem. Sie holte auf, konnte dabei ihren Blick nicht mehr von der Oberfläche des Zentrums nehmen.

Im ersten Augenblick sah es aus, als habe jemand ein Abziehbild Arno von Wolkensteins auf das Ei geklebt. Von seinem menschlichen Körper ließ sich nur die Vorderseite erkennen. Nackt hing der Olymper in der weißen Masse, und von seinem Kopf ragte gerade mal die vordere Hälfte bis hinter den Ohren heraus.

»Da seid ihr endlich«, begrüßte er sie. »Habt keine Angst. Mir geht es gut. Ich kann, wann immer ich es will, die Symbiose lösen und aussteigen. WELT wünscht sich nichts lieber als das. Das Intelligenzzentrum des Lebenssystems hat sich verkalkuliert. Es weiß, daß meine individuelle Intelligenz mächtiger ist als seine kollektive.«

»Warum löst du sie dann nicht?« ächzte Seiko. »Mach diesem Spuk ein Ende.«

»Es wäre unverantwortlich und Jellim gegenüber ungerecht. Er hat soviel für mich getan. Ich bringe es nicht übers Herz, ihn allein zu lassen.«

»Warum hast du uns überhaupt rufen lassen?« frage die Hanse-Spezialistin. »Was geschieht draußen?«

»WELT kämpft. Gegen mich. Der Kampf wird noch viele Tage dauern, bis ich alles unter Kontrolle habe. Aus der Symbiose zwischen mir und WELT wird ein neues Zeitalter hervorgehen. WELT wird dann intelligenter sein und seine Existenz sinnvoller gestalten können als bisher. Du kannst auch als Evolutionssprung bezeichnen, was geschehen wird. WELT wird einsehen, daß dies ein Vorteil ist. Bis dahin aber dauert der Kampf fort. Ich habe euch rufen lassen, damit ihr euch mit eigenen Augen überzeugen könnt, was vorgeht. Es ist nicht gegen euch gerichtet. Noch besitzt WELT die Kontrolle über die meisten Systeme. Ich habe genug damit zu tun, ihre Angriffe abzuwehren. Sie will mir mein Bewußtsein rauben und damit eine vermeintliche Fehlentscheidung korrigieren. Wenn ihr die Grotte verlaßt, werde ich die Blockade der Lamellentore aufheben. Meine Kraft reicht für eine knappe Stunde, danach muß ich die Kontrolle über die Tore abgeben und mich auf den Schutz meines Gehirns konzentrieren. Bis dahin müßt ihr draußen sein.«

»Und wie erfahren wir, was aus dir wird?

»Darauf müßt ihr verzichten. Die Tore werden in naher Zukunft nur dann geöffnet, wenn es Zeit ist, atmosphärischen Überdruck abzulassen. Vielleicht kommt es in ferner Zukunft zu einer neuen Begegnung, in ein paar tausend Jahren oder in Jahrmillionen. Verlaßt euch nicht darauf.«

Er verzog das Gesicht, denn das Riesenei bäumte sich auf und versuchte, seinen Körper komplett ins Innere zu reißen. Es gelang nicht.

»WELT erfährt gerade alles, was ich euch sage. Die Entität will meine Pläne verhindern. Geht jetzt, solange ich in der Lage bin, euch zu helfen. Jellim wird euch zurück an die Oberfläche bringen. Viel Erfolg und ein langes Leben.«

»Danke, Arno.« Die Hanse-Spezialistin wandte sich um und eilte zur Haut zurück. Seiko Konao folgte ihr mechanisch wie ein Roboter. Gemeinsam durchdrangen sie die Membran, hörten ein letztes Lebewohl Arno von Wolkensteins und eilten hinter dem Marsianer her, der sie bis zur Oberfläche begleitete.

»Ihr kennt den Weg«, sagte er hastig. »Laßt euch durch nichts aufhalten. Mit den Antigravs schafft ihr es in weniger als einer halben Stunde.«

Ohne eine Antwort abzuwarten, versank sein Körper im Boden und zerfiel gleichzeitig in unzählige weiße Fäden, die sich davonschlängelten.

Madelaine Dorane warf einen prüfenden Blick auf die Terranerin. »Bist du soweit in Ordnung?«

»J..ja.« Seiko krächzte, und ihr Körper schwankte. Aber sie fand wenigstens den richtigen Knopf, um ihren Antigrav einzuschalten und zu justieren. Gemeinsam verließen die beiden Frauen die Oberfläche und steuerten das Lamellentor an.

»Keine Bange. Wir haben es bald geschafft. Dort vorn ist das Tor. Siehst du es?»

Seiko Konao gab keine Antwort. Sie ließ durch nichts erkennen, daß sie die Worte überhaupt gehört hatte.

»He!« fuhr Madelaine Dorane fort. »Träumen kannst du später! Hörst du mir überhaupt zu?«

Wieder keine Reaktion. Die Stirn der Hanse-Spezialistin legte sich in Falten. Eine Seiko Konao, die redete und drohte, war ihr lieber als eine, die nichts sagte. So etwas deutete in einer Situation wie dieser meist auf einen bevorstehenden Vulkanausbruch hin. Madelaine Dorane war Psychologin genug, um zu wissen, daß es sie beide das Leben kosten konnte, wenn der Ausbruch in dem Augenblick kam, in dem sie sich anschickten, das Lamellentor zu durchqueren. Es erschien in jedem Fall sinnvoll, die Eruption möglichst vorher oder nachher auszulösen, wobei vorher den Idealfall darstellte.

»Du bist offenbar schon tot. In deinem Anzug verreckt. Haben dich die Würmer gefressen?«

Ein fürchterlicher Schrei klang auf. Die Terranerin riß die Waffe herum, zielte kurz und feuerte. Madelaines Schirmfeld glühte auf. Die Wucht des Aufpralls der Energie trieb sie ein Stück aus der Flugbahn, aber der Antigrav korrigierte automatisch.

»Verschwinde!« schrie Seiko Konao. »Kehr zurück zu deiner verdammten Brut. Da gehörst du hin. Warum bleibst du nicht bei dem Olymper und gehst dieselbe Symbiose ein wie er? Dann wärst du für immer mit ihm vereint.«

Langsam ging der Hanse-Spezialistin ein Licht auf. Natürlich. Seiko hatte in Gegenwart von Arno oftmals merkwürdig reagiert. Ganz anders als bei Jellim.

»So ist das also«, flüsterte sie. »Gibst du etwa mir die Schuld, daß es so gekommen ist? Wenn ich mich richtig erinnere, war er es, der darauf bestand, dem Notruf zu folgen.«

»Du warst die Kommandantin«, schluchzte Seiko. »Du hast es zu verantworten.«

»Wenn du meinst. Dann nehme ich die Schuld eben auf mich.«

Wieder trieb sie ein Energiestrahl aus der Flugbahn.

»Und damit ist dann alles erledigt, ja?« schrie die Terranerin sie an. »Nichts ist erledigt. Du wirst auf Heller und Pfennig bezahlen.«

»Auch gut. Schließlich bin ich versichert. Noch was? Willst du mich nicht auch für dein persönliches Pech der letzten Jahrzehnte verantwortlich machen?«

»Du wirst es bald am eigenen Leib erfahren ...«

Die Drohung schreckte Madelaine Dorane nicht. Sie wußte jetzt, daß Seiko unter den übermächtigen Nachwirkungen des Schocks stand und sich in eine Psychose hineinsteigerte. Am besten wäre es gewesen, die Septadimtechnikerin aus dem Verkehr zu ziehen. Leider befleißigte sie sich des kontinuierlichen Gebrauchs ihres Schirmfelds, und auch die Plophoserin hielt es für ratsam, an ihre eigene Gesundheit zu denken und der Terranerin keine Blöße zu geben.

Sie landeten etwa dreißig Meter vom Tor entfernt. Madelaine setzte sich sofort in Bewegung, aber Seiko Konao hielt sie zurück.

»Du wirst nicht als erste dahin gehen.« Die Mündung ihrer Waffe schwenkte und deutete auf den verschlossenen Durchgang. »Du wirst hierbleiben.«

»Und wie willst du das erreichen?« Die Hanse-Spezialistin lachte laut und trieb ihre Widersacherin damit zur Weißglut.

»Du wirst es sehen. Bleib stehen, oder ich vernichte die Membran und das Tor.«

»Tu das. Vernichte alles und am Schluß dich selbst. Aber du wirst nicht einmal das schaffen, das garantiere ich dir. Du bist zu feige und zu dumm dazu.«

Gelassen sah sie zu, wie Seiko Konao die Beherrschung verlor. Die Terranerin stürmte geradewegs auf sie los, und Madelaine Dorane hielt es nicht einmal für nötig, ihre Waffe in Anschlag zu bringen. Sie wartete auf den Zusammenprall. Die beiden Schutzschirme berührten sich und stießen sich gegenseitig ab. Gleichzeitig aber überlappten sie sich auch und hoben dabei ihre Wirkung gegenseitig auf.

Seikos Waffe stieß nach vorn in die Lücke und glühte auf. Ein Blitz zuckte empor und blendete die Terranerin. Sie warf sich nach hinten und beobachtete aus aufgerissenen Augen, wie die Hanse-Spezialistin die Arme hob und mit ihrer eigenen Waffe feuerte.

»Pech für dich«, zischte die Plophoserin. »Du vergißt, daß Hanse-Spezialisten über eine herausragende Ausrüstung verfügen. Schau dir deinen Strahler an, dann weißt du, was ich meine.«

Die Spindel war verbogen, die Mündung zu einem Klumpen geschmolzen.

»Ich habe deine Energie unterschätzt«, sagte Madelaine Dorane, und ein wenig Anerkennung, aber auch Verachtung klang in ihrer Stimme mit. »Du hättest mich nie verletzen, geschweige denn töten können. Mein Anzug besitzt nämlich zwei Schirme, einen äußeren und einen inneren, der den Körper eng umschließt. Schade, daß du nicht mit voller Energie geschossen hast. Dann könntest du dich jetzt über einen völlig verkohlten Waffenarm freuen.«

»Miststück! Ich hatte recht, daß ich dir nicht getraut habe. Wer bist du? WELT persönlich? Ja, ich habe Gewißheit, daß du eine Symbiontin dieser Hölle bist.«

»Du machst mich neugierig.«

»Ich überraschte dich hinter den Büschen und tat, als sei ich gerade erst auf dich gestoßen. Das war eine Finte.« Seiko Konaos Stimme besaß ihre alte Festigkeit wieder. »In Wirklichkeit beobachtete ich dich bereits ein paar Minuten. Ich sah, wie du von diesen Früchten pflücktest. Aber nicht nur das. Du hast sie auch gegessen. Es ist ein untrügliches Zeichen. In diesen Früchten befinden sich weiße Fäden. Besatzungsmitglieder der AUTUN DE HARRAS haben davon gegessen und sind daran gestorben.«

»Friede ihrer Asche. Wie erklärst du dir dann, daß ich noch lebe? Im übrigen lügst du. Ich habe diese Früchte geerntet und daran gerochen, nachdem ich die weißen Fäden aus ihrem Innern davongejagt hatte. Berühr einfach mit deinem Schirmfeld eine davon, dann wirst du sehen, wie die weißen Fäden Reißaus nehmen. Das hast du nicht gesehen. Du bist erst danach auf mich aufmerksam geworden und hast in deinem Wahn falsche Schlüsse gezogen.«

Die Terranerin stieß einen Zornesschrei aus.

»Es hat keinen Sinn, mich einlullen zu wollen. Ich weiß, was ich zu tun habe. Verschwinde!«

»Wohin?«

»Egal. Irgendwo hin.«

»Gut, ich wähle diese Richtung!«

Madelaine Dorane setzte sich in Bewegung und schwebte auf die Membran zu.

Die Terranerin ließ sich nicht beirren. Sie blieb auf gleicher Höhe mit ihr und zielte erneut mit der Waffe auf sie.

»Wenn ich das ganze Magazin leere, wird es mir gelingen, eine Strukturlücke in deinen beiden Schirmen zu schaffen. Und dann erwische ich dich.«

»Du bist übergeschnappt.«

Seiko Konao löste die Waffe aus und stellte sie auf Dauerfeuer.

»Hör auf mit dem Unsinn!« schrie die Hanse-Spezialistin. »Ich gehe ja schon.«

Sie machte Anstalten, sich vom Lamellentor zu entfernen. Der Strahl der Waffe folgte ihr nicht. Er versiegte. Madelaine Dorane hatte nichts anderes erwartet. Seiko aber war blind vor Haß und erkannte zu spät, was sich abspielte. Die Waffe entlud sich mangels einer richtig funktionierenden Abstrahlspindel nach hinten. Ein greller Energieblitz zerriß den Schirm der Septadimtechnikerin und versengte ihren Schutzanzug. Sie verlor das Gleichgewicht und stürzte gegen die Membran. Diese stülpte sich wie eine Haube über sie, packte sie und schleuderte sie mit voller Wucht gegen das Lamellentor.

»Paß auf!« schrie die Hanse-Spezialistin. »Durchstarten!«

Die Lamellen bildeten eine Öffnung, packten den Körper und zermalmten ihn. Madelaine Dorane hörte einen letzten Seufzer der Terranerin, dann spuckte das Tor ihre Überreste hinaus in den Stollen und schloß sich wieder.

Alles ging rasend schnell, ein paar Sekunden nur. Die Hanse-Spezialistin starrte regungslos auf die Stelle, wo Seikos Waffe lag.

Endlich gab sie sich einen Ruck. Niemand vermochte genau zu sagen, wie lange Arno von Wolkenstein in der Lage war, die Blockade der Durchgänge aufzuheben. Madelaine nahm den zerstörten und noch ziemlich warmen Strahler sowie Jellims Felsnadel auf und durchquerte die Membran.

Einen letzten Blick warf sie zurück in die Höhle mit ihrem Lebenssystem.

»Ich hoffe, daß du es schaffst«, flüsterte sie und begann, die Lamellen mit der Spitze der Felszacke zu kitzeln. Das Tor öffnete sich und gab den Weg frei.

Madelaine Dorane ließ die Felsnadel fallen und sprang

hastig hinüber in den Stollen. Sie schaltete die Helmlampe an und schwebte mit Hilfe des Antigravs über den zerquetschten Körper der Terranerin hinweg.

Warum nur? fragte sie sich. War es vom Schicksal vorbestimmt, daß Seiko auf diese Weise enden mußte? Stand es im Buch des Lebens verzeichnet, daß nur eine von vier Personen aus dem hohlen Asteroiden zurückkehrte?

Sie durfte sich jetzt nicht verrückt machen!

Mit hoher Beschleunigung raste sie aus dem Stollen hinaus in die Schlucht und an die Oberfläche des Asteroiden.

Fast augenblicklich erhielt sie Funkverbindung mit einem Schiff der Hanse.

»Hier Dorane«, sagte sie. »Schickt mir eine Quarantäneeinheit entgegen. Ich weiß nicht, ob ich überhaupt noch ein richtiger Mensch bin. Bestimmt war es ein Fehler, an den Früchten zu riechen und den sterbenden Zenossi zu berühren. Aber ich will Arno von Wolkenstein heißen, wenn ich mich mit irgend etwas infiziert habe.«

13.

Das erste, was sie wahrnam, war ein besorgtes Gesicht und darüber ein schütterer Haarkranz. Eine sanfte, aber äußerst markant klingende Stimme sagte: »Sie erwacht gerade, Gal.«

»Dann ist es gut. Halt sie bloß bei Laune, Homer.«

In diesem Augenblick setzte die Erinnerung ein. Madelaine Dorane fuhr empor, aber kräftige Arme drückten sie in ihr Kissen zurück.

»Immer mit der Ruhe, Madelaine«, sagte Homer G. Adams. »Du bist in Ordnung. Wir haben deinen Körper von oben bis unten durchgecheckt. Du bist ein vollwertiger Mensch. Keine Verseuchung, keine Pflanzenfasern oder gar weiße Fäden.« Er lachte. »Du wunderst dich, woher ich das alles weiß? Wir haben den Speicher deines Anzugs analysiert und den Rest aus deiner Erinnerung abgefragt, während du im Hypnose-Heilschlaf lagst.«

»Wie lange?« Sie erschrak vor ihrer eigenen Stimme.

»Zwanzig Stunden. Du bist vollkommen in Ordnung und kannst aufstehen. Willst du?«

»Ja, natürlich.«

Vorsichtig richtete sie sich auf und setzte sich auf die Bettkante.

»Natürlich gibt es da noch ein paar Fragen«, fuhr der Hanse-Chef fort. »Aber das hat Zeit.«

»Nein. Ich will sprechen.«

»Dann tu es.«

Sie begann zu reden und hörte nach zwei Stunden immer noch nicht auf. Vom Beginn ihrer Mission bis hin zum Notruf und ihrer Entscheidung, Hilfe zu bringen, über die Entdeckung des Eingangs und die Erlebnisse im Innern des Asteroiden schilderte sie alles sekundengenau. Homer G. Adams erwies sich als geduldiger Zuhörer.

»Ich habe meine Pflicht als Kommandantin verletzt«, sagte sie ganz zum Schluß und unter dem Eindruck von Seikos Schicksal. »Ich hätte viel früher zum Rückzug blasen müssen.«

»Nein.« Homer G. Adams schüttelte den Kopf. »So darfst du nicht denken. Im Innern des Asteroiden geht etwas Wunderbares vor sich. Eine Evolution sucht sich ihren Weg. Wir werden die Koordinaten geheimhalten und dafür sorgen, daß niemand auf das Dorane-System aufmerksam wird.«

»Nein – nicht Dorane. Zwar ist es üblich, eine neu

entdeckte Sonne nach dem Entdecker beziehungsweise dem Kommandanten des Entdecker-Schiffes zu benennen. Aber ich habe es beim Anflug nicht einmal für nötig gehalten, dem Stern einen Namen zu geben. Ich will, daß die Sonne den Namen Cornu erhält nach Jellim a Cornu. Und der Asteroid soll Wolkenstein heißen.«

»Einverstanden. Vielleicht ist das ja die Wahrheit. Daß WELT in Zukunft WOLKENSTEIN heißt, weil das Bewußtsein des Olympers das Lebenssystem steuert. Wir werden es nie erfahren oder höchstens, wenn in ferner Zukunft einmal ein Team der Kosmischen Hanse nachsieht, was aus der Symbiose geworden ist. Zunächst jedoch stehen wichtigere Dinge auf dem Programm. Die Testphase des Hyperkons und des Hypertrops muß langsam abgeschlossen werden. Waringer wartet dringend auf die Ergebnisse. Ihr seid nicht besonders weit gekommen.«

»Das ist richtig. Es tut mir leid.«

»Braucht es nicht, Madelaine. Sobald du deinen Erholungsurlaub hinter dir hast, reden wir über die Zukunft.«

»Tut mir leid, Homer. Über die Zukunft müssen wir jetzt sprechen.«

»Du willst mir doch keine Sorgen machen?«

»Wie du es nimmst. Ich quittiere hiermit meinen Dienst bei der Kosmischen Hanse. Ich kehre in meine Heimat zurück und widme mich in Zukunft anderen Dingen.«

»Dann habe ich nur eine Bitte, Madelaine: Gib mir Bescheid, was du treibst, ja?«

»Natürlich, Homer.«

Der kleine Terraner mit dem Buckel verabschiedete sich, nickte dem Arzt ein letztes Mal zu und ging hinaus.

»Schade«, hörte sie ihn unter der Tür sagen. »Wirklich schade.«

Ein halbes Jahr später erhielt der Chef der Kosmischen Hanse eine Nachricht von Plophos. Sie kam per Hyperkom. Als er gewohntermaßen zuerst den Absender las, leuchteten seine Augen auf. Dann nahm er den Inhalt der Botschaft zur Kenntnis, und seine Augen wurden groß.

Madelaine Dorane – Institut für Pflanzen-Schulung und -Betreuung. IQ beliebig, stand da zu lesen.

»Was für eine Frau«, flüsterte Adams. »Was für eine Frau!«